宁波大学中国语言文学系学术文库

在乡土文学
和女性文学之间探寻

周春英　著

ZHEJIANG UNIVERSITY PRESS
浙江大学出版社
·杭州·

图书在版编目(CIP)数据

在乡土文学和女性文学之间探寻 / 周春英著. —杭州:浙江大学出版社,2022.7
ISBN 978-7-308-22636-3

Ⅰ.①在… Ⅱ.①周… Ⅲ.①乡土小说—小说研究—中国—当代 Ⅳ.①I207.42

中国版本图书馆 CIP 数据核字(2022)第 083565 号

在乡土文学和女性文学之间探寻
ZAI XIANGTUWENXUE HE NVXINGWENXUE ZHIJIAN TANXUN
周春英　著

责任编辑	胡　畔
责任校对	赵　静
封面设计	周　灵
出版发行	浙江大学出版社
	(杭州市天目山路 148 号　邮政编码 310007)
	(网址:http://www.zjupress.com)
排　　版	浙江时代出版服务有限公司
印　　刷	广东虎彩云印刷有限公司绍兴分公司
开　　本	710mm×1000mm　1/16
印　　张	10
字　　数	180 千
版 印 次	2022 年 7 月第 1 版　2022 年 7 月第 1 次印刷
书　　号	ISBN 978-7-308-22636-3
定　　价	68.00 元

第二，自从五四新文化运动中提倡人的解放、妇女的解放、儿童的解放之后，中国文坛出现了陈衡哲、冰心、庐隐、石评梅、丁玲等一大批才女，她们发表了众多作品，借助文学发出自己的声音，为妇女解放积极争取话语权。此后，三四十年代的萧红、张爱玲、苏青等；当代十七年文学时期的茹志鹃、刘真、杨沫等；八九十年代的张洁、戴厚英、王安忆、张抗抗、铁凝、迟子建、池莉等；新世纪的张悦然、落落、迪安等女作家不断涌现，她们创作的作品也越积越多，于是女性文学研究开始兴盛起来且发展成为一门显学。周春英从20世纪90年代中期开始研究女性文学，当时她正在复旦大学中文系进修，她选择了萧红作为研究对象，从此一发而不可收，不但在萧红研究上接连发表了14篇论文，文集选取了她在浙师大攻读硕士学位时撰写的毕业论文的前半部分。此外，她还扩展了新的研究领域，先后研究了凌淑华、苏青、林徽因、於梨华、王安忆、池莉、张翎的作品，并以女性的敏锐思想和细腻文笔对这些女作家的作品进行了有深度的剖析，展现了研究者的独到体悟与学术价值。

任何文学都是时代的产物，都与时代有着千丝万缕的联系，因此考察文学产生与时代的关系是一个很有价值的课题，如果能够抓住一点，谈出自己的一得之见，也是对文学研究的贡献。论文集第三部分的几篇文章在这个方面进行了积极的探索，《论消费时代文学经典的重构》一文对于商品经济时代人们的消费观念和生活方式的变化，从三个方面进行了深入的思考并提出了富有新意的见解。而《民国时期浙江籍作家海洋文学作品探析》一文，通过对几位浙江籍作家描写海洋作品的探析，揭示了民国时期的时代特征以及对海洋文学产生的作用。还有几篇论文从表面上看似乎跟时代与文学创作的关系没有很紧密的联系，其实无论是王鲁彦世界语翻译与其创作的关系，还是张翎近作叙事手法的新变，都离不开时代这个重要的元素。

多年来，周春英在繁忙的教学工作之余，一直孜孜于现当代文学的学术研究，在女性文学、乡土文学两个领域进行探寻，到目前为止已发表60多篇学术论文，出版专著《王鲁彦评传》。这本文集精选了16篇论文，应该是她这几十年学术研究的精华所在。我知道春英不但自己在学术研究上有孜孜不倦的追求，而且对于学生的指导和培养同样尽心尽力，经常在她的微信朋友圈看到她指导的本科生和研究生在各种刊物上发表的评论文章，学生的成果当然包含着老师的心血,我为春英这种"治学何其勤,诲人浑不倦"的敬业态度和学术追求所感动,同时相信她在教书育人和学术研究的道路上能够走得更远,登上新的高峰,取得更丰硕更精邃的成果。

於贤德

前汕头大学文学院院长、广东外语外贸大学国际文学交流学院院长

2022 年 1 月 30 日于广州白云山麓

目　录

一

对乡土文学的探讨

王鲁彦小说叙事技巧探析①

王鲁彦是我国乡土文学的代表作家之一，他的一生经历了多次的贫困与挫折，却始终没有向丑恶的社会现实屈服，一直坚持着为人生、为社会的文学态度，写下了很多优秀篇章。他的小说，向来被认为受鲁迅乡土小说的影响，但他在承继了鲁迅乡土小说启蒙精神的同时，也具有自身独特的叙事技巧。本文将从叙事角度的选择、叙事空间的设置、叙述时间的调动、叙事方式的多变等叙事元素入手，对其文本的叙事技巧作一个粗略的探析。

一　叙事视角的选择

"叙事视角是一部作品，或一个文本，看世界的特殊眼光和角度。""它是作者和文本的心灵结合点，是作者把他体验到的世界转化为语言叙事世界的基本角度。同时它也是读者进入这个语言叙事世界，打开作者心灵窗扉的钥匙。"②视角安排是否精心得当，直接影响到文本创造性审美效应的产生。叙事视角有全知和限知之别。所谓全知视角，"其特点是没有固定的观察位置，'上帝'般的全知全能的叙述者可从任何角度、任何时空来叙事：既可高高在上地鸟瞰概貌，也可看到其他地方同时发生的一切；对人物的过去、现在和未来均了如指掌，也可任意透视人物的内心"③。"全知叙述者不是故事中的人物，无论他/她叙述的是人物的内心活动还是外部言行，他/她的观察位置一般均处于故事之外。"④所谓限知视角则是从角色的视角来看、听和感觉。"限知视角

---

①　第二作者：曹妍，宁波大学人文与传媒学院 2005 级现当代文学研究生。

②　杨义：《小说叙事学》，人民出版社 1997 年版，第 191 页。

③　茅盾：《王鲁彦论》，见覃英《中国现代作家选集——鲁彦》，人民文学出版社 1992 年版，第 229 页。

④　申丹：《叙述学与小说文体学研究》，北京大学出版社 1998 年版，第 187 页。

又可以分为外审型，即'我视人'以及内省型，即'我视我'。但这些类型往往不甚纯粹，往往我既视人、我也视我，成为一种混合型。"①

王鲁彦一生为我们留下了九部短篇小说集《柚子》《黄金》《童年的悲哀》《小小的心》《屋顶下》《雀鼠集》《河边》《我们的喇叭》《伤兵旅馆》；一部中篇《乡下》和一部长篇《愤怒的乡村》；两部散文集《旅人的心》《驴子和骡子》；还有一些译作。通观王鲁彦的小说，其叙事视角基本上分为两类：一是限知视角，二是全知视角，后者占大多数。

王鲁彦的《秋夜》《童年的悲哀》《小小的心》《柚子》等四篇小说采用了第一人称限知视角，但多为"我视人"的外审型限知视角。作者站在我的角度，来观察往事，并用回顾性的叙述，把我的所见、所知、所感叙写出来，有较强的抒情性和真实感。《秋夜》以梦中套梦的手法，叙写了我对军阀混战、人民四处逃荒、无处安生的惨状痛苦无比但又无能为力的心理状态："不能救人，又不能自救，没有勇气杀人，又没有勇气自杀，诅咒着社会，又翻不过这世界，厌恨着生活，又跳不出这地球，还是去求流弹的怜悯，给我幸福吧！"这种由社会现实而非个人身世所产生的悲哀与愤懑很有穿透力和影响力，增强了小说的感染力。虽然这篇小说未能塑造出性格鲜明、血肉丰满、栩栩如生的人物形象，在创作思想上，也只是体现出人道主义思想，但因为作者用了富有亲切感的第一人称限知视角，一定程度上弥补了这些缺陷。作者借用萧索、凄凉的秋夜景色，渲染出了黑暗中国的灾难深重。《童年的悲哀》用一种抒情的语调，尽情地回顾了童年的我与阿成哥之间一段刻骨铭心的友谊。阿成哥已经20岁，他仗义能干，挑担、舂谷、舂米、划船、游泳样样都来，且颇有音乐天赋，拉得一手好胡琴。因此也激起了我对音乐的爱好，我跟他学唱歌，还自制了一把胡琴，阿成哥有空就教我背谱、拉琴。随着交往的增多，以及共同的音乐爱好，我与阿成哥的友谊越来越深。后来当得知阿成哥被疯狗咬伤致死之后，我十分伤心，"竟至大病一场"。小说把视线大量地投向童年"我"的内心，把"我"内心的情感变化写得细腻生动。这篇作品既是外审型的"我视人"，又是内省型的"我视我"，两者结合得很巧妙，从而使这段年龄相差较大的友谊很感人。《小小的心》写我

---

① 杨义：《小说叙事学》，人民出版社1997年版，第219页。

在厦门的报社做编辑时看到了一个四五岁的小男孩阿品。开始,他与外婆住在一起,外婆管束不是很严,所以他经常到我的房间来玩,我也很喜欢他。他有一双动人的眼睛,但常常流露出与他的年龄不相符的、令我不解的忧郁和悲哀的眼神。两个月以后,他的父母来了,可是阿品跟他们很生疏。我的故乡来了一个朋友,当我们用宁波话交谈时,阿品开始很迷茫,时间稍久他就能听懂我们的谈话了。阿品的父亲知道我是宁波人之后,就让家人把阿品带到亲戚家去了。一周以后,阿品回来了,"他消瘦了许多……好像哭过一样"。此后,阿品被家人监视起来,不许他和我接近。尽管他还经常偷溜到我这里来,可只是远远地看着我。后来报社停办,我到了泉州,才得知阿品是被人贩子从宁波骗来的。作者站在旁观者的立场,用同情的语气,把阿品的生活现状、心理状态、语言行为作了恰切的评论,深刻地表现了被拐卖儿童的心灵痛苦以及自己对人贩子的不满和愤恨。《柚子》没有故事情节,写主人公我和一个朋友在浏阳门外观看杀头。只见刽子手手起刀落,人头就落地了,恰如湖南的柚子一样,就地翻滚和廉价。"湖南的柚子呀,湖南的人头呀!""这样便宜的湖南的柚子呀!"通过我发出的一连串深沉而又痛心的呼声,充分显示了作者"冷对世界"的严峻态度,无情地鞭挞了湖南军阀草菅人命的暴行。相比较而言,后两篇的成文时间距事件发生的时间要近一些,但写成文字都是在事后,可以统括到第一人称限知视角的回顾性叙述类型中去。

总之,这四篇小说,运用第一人称限知视角的优势,或外审"我视人"或内省"我视我",发挥第一人称叙事能够缩短读者与作者之间的距离、容易引起读者共鸣的特点,引导读者把自己的感情融入作品,从而把当时社会种种令人愤懑的现象以及自己对这种现象的内在情感直接地、十分强烈地抒写出来,产生了一种发人深思、震撼人心的力量。

王鲁彦其他小说都是采用第三人称全知视角的手法,这些小说都是他在远离家乡的异地写的。全知视角能展现广阔的社会生活场景,可以自由转换叙事视点,叙事者有一种历史感,从一种历史的责任出发叙述真实人生,诉说生活的意趣和对生命的思考,以追求心灵的自由和话语权利。王鲁彦18岁就离开家乡外出谋生,在北京接受了先进的文化熏陶之后,他的文化修养和思想境界大大提高,当他回过头来重新审视家乡的一切,内心的感受就完全不同了。他既看到了家乡民众的愚昧冷漠、自私残忍的一面,也看到如史伯伯、如史伯母、林子平、华生等人物善良的一面。他对家乡的落后、民众的愚昧有一种恨铁不成钢的感情,对一些遭冷遇、受欺压者又抱着很大的人道主义同情。当然,家乡的现状既有自然环境的原因,也有历史文化积淀的原因。作者为了把自己对家乡的认识全方位、立体地表达出来,就采用了全知视角的叙事技巧。这样,作者既可以进入如史伯伯的内心,了解这个乡村中产阶级如何因为儿子几个月没寄钱来,在受到乡人的种种欺负时不能声张的苦闷(《黄金》)。作者也可以走进财主王阿虞的心里,对于生怕自己钱财被偷的那种惶惶不安的内心煎熬了解得十分透彻(《许是不至于吧》)。作者还可以旁观本土商人伊新叔的米行怎样一点点被资本实力雄厚的林吉康的轧米船所击败(《桥上》)。还给我们展示了一幅以华生为代表的浙东农民反抗地主、乡镇恶吏的风起云涌的斗争图(《愤怒的乡村》)。也生动地描绘了屋顶下本德婆婆与媳妇之间因为观念不同导致的家庭矛盾(《屋顶下》)。总之,作者像一只大鹏金翅鸟,巡视在镇海大碶这块土地上,把发生在这里的人和事,用全角镜头拍摄下来,然后,用形象的文字客观、冷静地呈现给读者。

二 叙事空间的设置

空间是物质存在的广延性,时间是物质运动过程的持续性和顺序性,时间和空间总是互相联系的。时空与小说有着密不可分的联系,每一个小说家都非常注重叙事空间的设定,如废名把叙事空间设置在家乡黄梅县,沈从文把叙事空间设置在湘西,鲁迅把叙事空间设置在绍兴城和周边农村,王鲁彦则把叙事空间设置在宁波、镇海以及周边地区。宁波作为一个沿海港口城市,早在鸦片战争失败后,于1842年中英签订的《南京条约》中被划为"五口通商"口岸之一,此后西方列强甚至日本都在宁波设立了领事馆,根据俄、美、英、法于1858年强迫清政府签订的《天津条约》,洋货进入我国内地,只需一次性交纳2.5%进口税,就可以在全国各省畅通销售,而对本国的商人和手工业者,却层层追加苛捐杂税,导致大量的手工业者和农民走向破产失业的边缘,被迫成为产业工人。而且,从1859年起,宁波海关(即浙海关)被英法税务司所把持。随着这种殖民地半殖民地程度的加深,商品经济对乡村原有生产和生活方式的冲击越来越明显,几千年重农抑商的封建社会价值体系逐渐被金钱至上的商品经济体系所取代,部分善良的中国老百姓开始被金钱的欲望所操控,而迈入极端逐利的人性旋涡。外来的商业文化不但没有给封建文化带来新鲜血液,反而将它本身携带的阴暗面与中国民族文化的落后面结合在一起,使社会风气和人心向更恶劣的方向转变,原本农业社会乡民之间温情脉脉的面纱被撕裂了,导致一些人拜金主义思想严重,一切以金钱的多寡作为衡量的标准,王鲁彦对家乡民众的这种现状十分不满。

王鲁彦高小失学之后,在家自学一年,便到上海一家同乡开办的经营纸张和印刷事务的商店当学徒,后来又到日本人开的三菱洋行当小伙计,年纪轻轻便饱尝了人世的艰辛,特别是上海十里洋场的喧嚣与浮躁的金钱至上的社会氛围给他留下了深刻的印象。后来又到北京接受先进文化的熏陶。这种独特的生长环境和生活经历,为他观察和表现半殖民地社会中商品经济对乡村原有生产方式和生活方式的冲击提供了绝好的素材与动力。在他从事创作之后,又多次回到故乡小镇,对当时家乡经济发展变化的感受分外敏锐。因此,他的许多小说,都以镇海大碶及周边村落为叙事空间,对于乡村小资产阶级和当地人的金钱观念作了深刻细腻的描写和有力的抨击,形成了与众不同的特色。对此茅盾评价很高:"王鲁彦小说里最可爱的人物,在我看来,是一些乡村的小资产阶级。"①同时,他也有力地抨击了家乡民众的愚昧和保守,家乡地主和恶吏对农民剥削的残酷。

首先,作者抨击家乡人扭曲的金钱观。在《黄金》中,作者批判了陈四桥人以金钱作为衡量一切的观念。"你有钱了,他们都来了,对神似的恭敬你;你穷了,他们转过背去,冷笑你,诽谤你,尽力的欺侮你,没有一点人心。"在陈四桥,金钱的多寡、财源的兴衰成了评价一家人社会地位的唯一标准。如史伯伯一家原也不是穷人家,家里有十多亩田、几间新屋,屋里的器具也都比人家齐备。仅仅因为在外的儿子不能在年前及时寄钱来,于是这两位可怜的老人便受到了陈四桥人的流言与欺辱。正像如史伯伯内心表白的那样:"但是你,一家中等人家,如果给了他们一点点,只要一点点穷的预兆,那么什么人都要欺侮你

---

① 茅盾:《王鲁彦论》,见覃英《中国现代作家选集——鲁彦》,人民文学出版社1992年版,第241页。

了,比对于讨饭的,对于狗,还厉害!"其次,作者抨击了家乡民众的愚昧和保守。在《一个危险的人物》中,离家八年,在许多中小学、大学教过书的林子平重回家乡,作为一个在外接受了先进文化教育的知识分子,他的观念、语言和行为,与当地人自然有很大差异。林子平回来以后,主要是在家里看书,有空,他会与男女同学一起游玩拍照;会去树林里锻炼身体;会去看别人钓鱼;会独自一人去大树底下喝酒、喝完之后会到山顶上去跑步,甚至爬到树上去唱歌;会在大雷雨中去溪中洗身子;看到家乡民众生活艰难,他去县党部农民协会反映,致使农民的租谷统一被降低三成。他平时外出西装革履,在家里穿睡衣,也睡睡懒觉。这完全是一个知识分子正常的生活状态,但是他的行为在保守、愚昧的林家塘人看起来是疯子。与他合照的女同学都是他相好的;穿着睡衣在房里走动是耍流氓;去县党部农民协会反映情况是"通共"。他们认为他是扫帚星,是恶魔,必欲除之而后快。最后,村子里的人串通想乘机谋取他们家财产的亲叔叔慧明,一起以"通共"的名义把他告到官府,他被枪毙。第三,他强烈地批判了家乡的地主和恶吏狼狈为奸、联手欺诈穷苦农民的行为。在中篇《乡下》和长篇《愤怒的乡村》中,作者展示了阿毛、三品、华生、葛生等农民受尽地主和恶吏盘剥、欺凌的事实。有的稍有反抗就遭到重击,被投入监牢,并丢了命,如阿毛、三品;有的一生忍气吞声、忍辱负重,但耗尽体力、精力,最终贫病交加,如葛生。而那些恶人仍然过着酒足饭饱、逍遥自在的生活。作者在这两部小说中,尤其是《愤怒的乡村》里明确地提出:农民必须团结起来反抗地主的剥削和恶吏的欺凌,为此塑造了华生这样一个具有强烈反抗精神的人物。总之,作者以家乡为叙事空间,用五彩之笔谱写了一幅发生在那里的虽充满苦难但又充满希望的生活图画。

三　叙事时间的调动

按照热奈特的观点,叙事是一组有两个时间的序列,"被讲述的故事的时间和叙事的时间。在两者的关系中分为时序、时距、频率"[①]。作者借此打破故

[①]　热拉尔·热奈特:《叙事话语·新叙事话语》,王文融译,中国社会科学出版社1990年版,第14、17页。

事时间序列,使作品在时间差异中显示特殊的形式意味。热奈特又说:"研究叙事的时间顺序,就是对照事件或时间段在叙述话语中的排列顺序和这些事件或时间段在故事中的接续顺序。"①热奈特区分出两种时序:"一是叙事时序,一是故事时序,叙事时序是文本展开叙事的先后次序,从开端到结尾的排列顺序,是叙述者讲述故事的时序;而故事时序是被讲述故事的自然时间顺序,是故事从开始发生到结束的自然排列顺序。故事时序固定不变,叙事时序可变化不定。"②

利用叙事时间的调动来塑造人物、表达思想的例子不胜枚举。王鲁彦也善于运用这种手法。在《菊英的出嫁》这篇小说中,巧妙地安排了叙事时间,从而使小说波澜起伏、引人入胜。小说一开始就点明菊英离开母亲已经整整十年了,至于怎么离开的没有说。接着写菊英娘对女儿现状的思量:"菊英肥了?菊英瘦了?……菊英长得高了,发育成熟了,她相信是一定的。无论男子或女子,到了十七八岁的时候想要一个老婆或老公,她相信是必然的。……要把她的心肝儿菊英从悲观的、绝望的、危险的地方拖到乐观的、希望的、平安的地方,……唯一的方法是给菊英一个老公,一个年轻的老公。"于是菊英娘到处去为女儿寻找一个丈夫,最后找到一家门当户对的人家。对方拿来了聘礼,菊英娘为女儿购置了各种各样的嫁妆。到这里为止谁也不知道菊英已经死亡,菊英娘是在给死人张罗婚事。直至在隆重热闹的出嫁队伍后面,看到十几个人抬着一口十分沉重的棺材,读者才知道这是结阴亲,即冥婚。至此作者才再次回到叙述的正常序列,描述菊英的童年生活以及患病死亡的经过。很明显,作者运用了倒叙的手法。倒叙在叙事学中是指"对故事发展到现阶段之前的事件的一切事后追述"③。这种手法可以局部打破小说叙事的自然时间序列,使小说呈现出多样化的趋势,并产生意想不到的效果。这篇小说就是运用倒叙手法使原来按照自然时间顺序发生的故事在小说文本中的前后顺序发生了变

化，从而使这篇小说的结构曲折多变、富有吸引力。

四　叙事方式的多变

　　叙事方式体现着作家对生命、对社会、对人生意义的理解，是小说意蕴的指向所在。年轻时的王鲁彦对社会的认识还比较肤浅，受人道主义的思想影响比较深，尚没有用阶级斗争的观点去认识社会、分析社会的能力，所以他前期的小说和散文，情感上比较放得开，没有采用节制情感的手法，抒情色彩比较强，文字优美，有一定的诗意色彩。茅盾在 1928 年读完了《秋夜》以后就说："我不禁要用一句很熟的话，像《秋夜》的描写是'诗意'的，诗的旋律在这短篇里支配着。"[①]但在思想内容上，作者只表达了看到社会黑暗现象的苦恼与烦闷，没有解决问题的良策。在这些小说与散文中有借助梦境表达对军阀暴行的控诉（《秋夜》）；有对自己没有向求乞的妇女表示应有同情而深深自责的（《狗》）；有对反动政府杀人如麻的现象加以嘲讽的（《柚子》）；有对离开了天上的自由乐土烦怨的（《秋雨的诉苦》）。总之，这些小说和散文感情强烈，很有感染力，颇有鲁迅《伤逝》的风格，因此感动了一代又一代的读者。但也有些作品太直白，有教训主义色彩。

　　作者随着人生阅历的丰富和对社会认识的加深，越来越严肃、深沉，对社会中的丑恶现象和人性中丑陋的一面，有了更深刻的认识。反映到小说创作中，作者开始节制情感，把目光投入描写社会现实与民众的苦难上去。作者以家乡为舞台，以普通人的日常生活为题材，写了一系列反映家乡现状、乡民生活的小说，其中《黄金》《菊英的出嫁》《许是不至于吧》《鼠牙》《银变》《岔路》《乡下》《愤怒的乡村》较有代表性。抗日战争全面爆发以后，作者在疾病缠身、事务繁忙之时，仍然不忘用笔抒写内心的感受，写下了《伤兵旅馆》《陈老奶》等篇章。这些作品有对乡民拜金主义思想以及自私、冷漠心理的批判（《黄金》）；有对陋风旧俗的揭示（《菊英的出嫁》）；有对为了一点小事就大打出手的愚昧之举的嘲讽（《岔路》）；对乡村地主阶级以及官僚恶吏对农民的残酷剥削和欺诈的批判，和对华生等血气方刚的年轻人敢于反抗地主行为的赞美（《愤怒的

---

　　① 茅盾：《王鲁彦论》，见覃英《中国现代作家选集——鲁彦》，人民文学出版社 1992 年版，第 241 页。

乡村》）。还有对抗战期间的一些普通的士兵和老百姓的歌颂（《炮火下的孩子》）。虽然王鲁彦只活到 44 岁，创作的小说数量也不是很多，但是，他中后期的小说更加切近社会，如实客观地记录了时代发展的步伐。

从大体而言，王鲁彦前期小说的叙事方式倾向于主观抒情，有一定的诗化色彩；中后期的小说走向客观写实，感情变得更深沉、内敛了。不过也有交叉现象，如《童年的悲哀》和《小小的心》发表的时间比《黄金》要晚，但叙事方式与前期小说接近，以主观抒情为主。

以上从四个方面探讨了王鲁彦小说的叙事技巧。这些技巧对增强王鲁彦小说的时代气息、塑造人物形象、表达主题起到了很好的作用。王鲁彦虽然一生奔波，最后在病贫交加中死去，然而他的小说为读者提供了一扇了解他和当时社会的极好视窗。虽然他的小说有按捺不住作者主观声音的弊端，不如鲁迅般冷峻，然而另一方面也反映了他内心情感的丰富和真挚。

（原载于《宁波大学学报》2009 年第 5 期）

王鲁彦研究资料中的一些错误

　　王鲁彦是 20 世纪二三十年代乡土小说派的中坚作家,他只活了短短的 44 年,但留下了 150 万字的文学遗产。作为文学研究会成员之一,王鲁彦一生遵循"为人生"和"改良这人生"的宗旨,进行坚实的现实主义创作。他紧紧抓住浙东沿海地区较早受资本主义经济和文化侵略、民众心理开始被金钱观念所锈蚀而失去应有的淳朴善良本性的特点,用扎实、纯朴的写实手法和生动流畅的语言塑造人物、叙写风俗民情,使他的作品在人生派创作和乡土写作中享有很高的声誉。

　　对于王鲁彦的研究,前期和后期比较热,中间沉寂了几十年。1928 年,茅盾率先在《小说月报》第 19 卷第 1 期上发表论文《王鲁彦论》,对王鲁彦前期的十几篇小说进行客观、中肯的评价,尤其对《黄金》《许是不至于吧》中的乡村小资产阶级形象十分赞赏。1934 年苏雪林在《现代》第 5 期第 5 卷上发表《王鲁彦与许钦文》一文,通过对两位作家作品的比较,得出了王鲁彦乡土小说的特色是善于描写乡村小资产阶级和农民的心理与生活。1936 年,《中国新文学大系》(10 卷本)出版,王鲁彦的小说被茅盾和鲁迅分别收入《中国新文学大系》的《小说一集》和《小说二集》中,在小说集序中,茅盾对于王鲁彦乡土小说"为人生"的创作思想进行精确的评价;鲁迅对于王鲁彦乡土小说的特色和写实的笔致作了确切的定位,并把他归入乡土作家的行列。王鲁彦刚走上创作道路就受到这些大家的赏识,这在当时的文坛是很少见的,由此可以看出王鲁彦作品的独特之处。

　　1944 年 8 月 20 日,王鲁彦因病在桂林去世,巴金、王西彦、艾芜、邵荃麟等作家纷纷撰写纪念性的文章,不过这些文章侧重于评价他的为人,对于其作品评价较少。

新时期开始,沉寂了几十年的王鲁彦再次受到关注。1980年,苏州大学的范伯群、曾华鹏两位教授出版了从50年代就开始撰写的学术专著《王鲁彦论》(10万字),作者用社会历史批评的方法,用阶级斗争的理论评析了王鲁彦的作品。全书逻辑严密,观点鲜明,论述精到。但由于时代的局限,论述角度比较单一。此后关于王鲁彦研究的论文逐渐增多,很多学者运用文化学、心理学、经济学、民俗学、叙事学的理论对其作品进行多层次、多角度的研究,出现了一些高质量的论文。

但是,在阅读王鲁彦研究资料的时候,笔者发现了不少错误,经过整理归类,发现主要集中在以下几个方面。

1. 出生的地点和时间说法不一

(1)"阴历1901年11月30日,出生于浙江省镇海大碶头杨家桥。"①

(2)"一九〇一年阴历十一月三十日,王鲁彦诞生在浙江镇海大碶头杨家桥一个贫寒的店员家庭。"②

(3)"一月八日(阴历十一月三十日),诞生于浙江省镇海县大碶头杨家桥的一个贫寒的店员家庭。"③

上述三条资料都把王鲁彦的出生地说成是大碶头杨家桥,这是不对的。王鲁彦真正的出生地是镇海县大碶镇王隘村,杨家桥不过是这个村内连接东西两半村庄的一座桥的名称。桥面狭窄,桥身很短,最多能过一只乌篷船。王鲁彦在这里住到18岁,在他离开约10年后,一场大火,王家整幢大屋被毁,之后其父母移居村东的前新屋"德馨堂"。

至于王鲁彦的出生日期,第三条资料说成是:一月八日(阴历十一月三十日)。

据马蹄疾考证:"查一九〇一年阴历十一月三十日,即清光绪二十七年辛

---

① 曾华鹏、蒋明玳:《王鲁彦生平和文学活动年表》,《王鲁彦研究资料》,江西人民出版社1984年版,第6页。

② 刘增人、陈子善:《鲁彦夫人覃英同志访问记》,曾华鹏、蒋明玳编《王鲁彦研究资料》,江西人民出版社1984年版,第128页。

③ 陈子善、刘增人:《鲁彦年表》,覃英编《中国现代作家选集——鲁彦》,人民文学出版社1992年版,第279页。

丑,折核阳历,则是一九○二年一月九日。据此,王鲁彦的生年确系一九○二年。"①所以王鲁彦的出生日期应该是阴历 1901 年 11 月 30 日,阳历 1902 年 1月 9 日。

2.上学的时间说法不一

(1)"在鲁彦七岁时,父母还是挣扎着送他读书,开始入私塾。"②这是王鲁彦夫人覃英的说法。

(2)"一九○七年,五岁,进私塾读书。"③

(3)"1906 年,进私塾读书。"④

(4)"我是六岁上学的,进的自然是私塾。"⑤这是王鲁彦自己的说法。

因为王鲁彦出生的时间刚好是阴历的年尾和阳历的年头,所以他的年龄一直是一个很容易混淆的问题,有的人按阴历年算,有的人按阳历年算。根据江南民间的习惯,年龄一般是以阴历年算,算虚岁。但宁波人入学的年龄是按足岁算的,即使现在宁波市的孩子上小学也一定得达到 6 足岁半才能上学。笔者也查阅一些古代私塾的相关资料,都有"古代上私塾多六岁开蒙"的说法。所以,王鲁彦说他是 6 岁上学的,应该是足岁。不过一般私塾老师没有那么严格,5 足岁多一点就算六岁了,据此推算,王鲁彦在 1907 年就上学了。

所以,第(1)条,覃英说 7 岁入私塾,按虚岁算是对的。第(2)条,陈子善、刘增人在《鲁彦年表》里以阳历纪,这无可非议,但是按计算年龄方式:出生年限加一岁来算,王鲁彦的入学年龄也不是五岁,所以也是错的。第(3)条,年限不对。

3.去上海做学徒的时间说法不一

(1)"十六岁那年,王鲁彦到上海一个同乡开设的经营纸张、印刷事物的商

① 马蹄疾:《王鲁彦生年辨讹》,《社会科学辑刊》1984 年第 5 期。

② 覃英:《鲁彦生平和创作简述》,《中国现代文学作家选集——鲁彦》,人民文学出版社 1992 年版,第 253 页。

③ 陈子善、刘增人:《鲁彦年表》,覃英编《中国现代作家选集——鲁彦》,人民文学出版社 1992 年版,第 279 页。

④ 曾华鹏、蒋明玳:《王鲁彦生平和文学活动年表》,《王鲁彦研究资料》,江西人民出版社 1984 年版,第 7 页。

⑤ 王鲁彦:《我们的学校》,《王鲁彦文集》(叁)(散文),人民文学出版社 2009 年版,第 192 页。

店当学徒。"①

（2）"一九一七年，十五岁，随父到上海，……"②

（3）"父亲出生在宁波北仑（原镇海）大碶镇的店员之家，在私塾读了几年书，又在灵山学校读高小，为抗议乡绅开除了新思想的教师，与一些同学毅然退学；十六七岁到上海谋生，当小伙计，晚上在补习学校学习。"③

（4）"鲁彦到上海学徒的次年（约是 1920 年），我父亲去北京行医，带我同行。"④

（5）"十八岁春天，我离开家乡了。"⑤"十七岁那年的春天，我终于达到了我的志愿。父亲是往江北去的，他送我到上海。"⑥这是王鲁彦自己说的。

从王鲁彦读书的时间进行推算，王鲁彦是 14 岁那年春天（1914 年）转入杨家桥小学，半年之后毕业。同年下半年进入灵山高等小学读书，在那里读了一年半，即读到 1915 年底。就在这个时候，学校内部的人事发生变动，董事长把小学部一个族亲提拔上来，取代徐校长的位置。这个人不学无术，王鲁彦他们都不喜欢他，他们私下议论，如果徐校长真的走了，他们也不去上学了。寒假结束之后，消息得到证实，王鲁彦和 20 多位同学就自动放弃学业，离开了学校。对此王鲁彦在《我们的学校》中也有记载："徐先生是民国四年离校的。"民国四年即 1915 年。所以王鲁彦离开灵山高小的确切时间是 1916 年春天，当时他刚满 16 岁。离开学校之后，有的同学学习经商，有的同学转到其他学校继续学习。王鲁彦因为母亲不让他离开乡下，就待在家里自学，直到 1918 年春天，王鲁彦才离开家乡去上海做学徒。此时的王鲁彦刚好跨过 16 足岁的门槛，向 17 足岁迈进，而虚岁已经 18 岁了。所以，他的两种说法都没有错。

以此作为依据，可见第（1）、（2）条资料所说的时间明显不对；第（3）条比较

---

① 刘增人、陈子善：《鲁彦夫人覃英同志访问记》，曾华鹏、蒋明玳编《王鲁彦研究资料》，江西人民出版社 1984 年版，第 129 页。

② 陈子善、刘增人：《鲁彦年表》，覃英编《中国现代作家选集——鲁彦》，人民文学出版社 1992 年版，第 279 页。

③ 王莎莉：《忆起儿时父亲在世时……》，《王鲁彦文集·附录》（伍），人民文学出版社 2009 年版，第 277 页。

④ 顾芝英：《忆鲁彦和爱罗先珂》，《鲁迅研究月刊》1986 年第 9 期。

⑤ 王鲁彦：《钓鱼——故乡随笔》，《王鲁彦文集》（叁）（散文），人民文学出版社 2009 年版，第 184 页。

⑥ 王鲁彦：《旅人的心》，《王鲁彦文集》（叁）（散文），人民文学出版社 2009 年版，第 214 页。

模糊；(4)资料说是1919年,也是不对的。

4. 对王鲁彦学习世界语的事实有错误

"俄国盲诗人爱罗先诃办起了世界语讲习班,开发全球文化交流的语言,父亲参加学习,后任助教,从此开始了他翻译、创作的道路。"①

王鲁彦在工读互助团半工半读期间确实参加过世界语的培训班,但那不是爱罗先珂办的,而是北京大学在1917年就开始办起来了,爱罗先珂只是在那里讲过课,王鲁彦担任过爱罗先珂的助教。所以,王莎莉的说法是错误的。

5. 王鲁彦的生日有错误

在王鲁彦与覃英合著的《婴儿日记》中,第二个月第十五日有这样一段记载:"今天是阴历十月二十八,是彦的生日。我想使他快乐地度过这一日。"②

如前所述,王鲁彦的出生日期是阴历1901年11月30日,阳历1902年1月9日,覃英作为王鲁彦的妻子居然记错了这个日子实在是不可思议。

6. 王鲁彦逝世时间有错误

(1)"6月底湘桂局势紧张,当局下令疏散。柳亚子来到平乐,并把《柳》(《柳毅传书》,是端木蕻良为庆祝柳亚子68周岁诞辰而编的京剧剧本。笔者注)剧本交给《八步日报》连载。8月26日王鲁彦病逝桂林。端木和邵荃麟、曾敏之、司马文森等冒着战火赶回桂林,给王鲁彦办理了后事。"③

(2)"经过这次艰难的跋涉,他的肺病加重了,加上国事日非,忧患交逼,终于不能支持,在1944年8月21日病逝。"④

(3)"1944年8月21日,作家王鲁彦在病贫中逝世于桂林,终年43岁。……"⑤

(4)《新华日报》1944年8月24日报道:"(中央社桂林二十二日电)作家王鲁彦昨天逝世后,当即入殓,今晨出殡,暂葬桂林星之岩之阳。桂林各界正筹

① 王莎莉:《忆起儿时父亲在世时……》,《王鲁彦文集·附录》(伍),人民文学出版社2009年版,第277页。
② 王鲁彦、覃英:《婴儿日记》,《王鲁彦文集》(肆),人民文学出版社2009年版,第166页。
③ 曹革成:《同挥热泪悼萧红——记柳亚子和端木蕻良的交谊》,《文史春秋》1996年第2期。
④ 范泉:《记艾芜——一个苦了一辈子,写了一辈子的作家》,《新文学史料》1995年第4期。
⑤ 蓝海:《抗战时期中国文艺大事记(1937.7—1945.9)》,《中国抗战文艺史》附录,山东文艺出版社1984年版,第463页。

备追悼中。……"

(5)"1938 年 12 月,他来到桂林,……1944 年 8 月 22 日,因肺结核、喉头结核等病恶化,病逝于桂林。"①

第 1 条把王鲁彦逝世的时间说成是 1944 年 8 月 26 日。

第(2)、(3)两条说成是 8 月 21 日。

第(4)条的电头是 22 日,导语中说:"作家王鲁彦昨天逝世后,当即入殓……"推算起来应该是 21 日。

第(5)条说成是 8 月 22 日。

这些说法都是不对的,王鲁彦逝世的确切时间应该是 1944 年 8 月 20 日。这里有三条资料可以证明这个问题:

(1)"八月,二十日下午一时在桂林病逝。"②

(2)"一九四四年七月回到桂林时,他已奄奄一息,不能起坐了。终于拖到八月二十日,病逝于桂林医院。……"③

(3)"《桂林日报》1944.8.21 报道:

1944.8.20 追悼作家鲁彦　桂林文协

1944.8.20,鲁彦殁于桂林,当时桂林正处于沦陷前夕和紧急疏散之际,仍聚集了文化界二百多人举行了鲁彦逝世追悼会,由欧阳予倩主持,邵荃麟代表全国文协致悼词。消息与悼词全文发表在当时的《桂林日报》。"④

上面 3 条资料,第(1)条是王鲁彦研究专家曾华鹏、蒋明玳提供的;第(2)条是王鲁彦生死相依的妻子覃英提供的,第(3)条是桂林文协提供的,这三条资料的可信度都是很高的。

因为曾华鹏、蒋明玳两位专家研究王鲁彦达几十年,对王鲁彦的情况非常精熟,一般情况下是不会有错的。

---

① 蔡定国、杨益群、李建平:《巴金、王鲁彦的小说》,《桂林抗战文学史》,广西教育出版社 1994 年版,第 418 页。

② 《王鲁彦生平和文学活动年表》,曾华鹏、蒋明玳编《王鲁彦研究资料》,江西人民出版社 1984 年版,第 17 页。

③ 刘增人、陈子善:《鲁彦夫人覃英同志访问记》,曾华鹏、蒋明玳编《王鲁彦研究资料》,江西人民出版社 1984 年版,第 136 页。

④ 原文发表于《桂林日报》1944 年 8 月 21 日。

而覃英是王鲁彦一直伴随的妻子,王鲁彦病重之后,是她陪王鲁彦到湖南茶陵去养病,战事吃紧之后,也是她冒着九死一生的风险,历经千辛万苦陪着王鲁彦从湖南逃回桂林,在王鲁彦弥留之际,还是她日夜陪伴在床侧。这种生死离别的时刻,是不会记错的。

而桂林文协作为一级组织,具体筹备举办了王鲁彦的追悼会,很多作家冒着危险赶回桂林参加追悼会,目睹了现场的情况,这些当事人记忆应该特别深刻。而且新闻第二天就发,这是最有说服力的材料。

7. 对王鲁彦行踪的错误

"一九三九年,我到重庆复旦大学教书时,鲁彦夫妇正在白沙女子师范学院教书。大家都夹在山坳里,见面机会很少。至于在城里开会时,见过面没有,也记不清了,因为开会时一则人多,二则我常在会未开完时就回沙坪坝了。……"①这是端木蕻良在 80 年代写的一篇文章中的一段话。

据陈子善、刘增人编的《鲁彦年表》记载,1938 年 12 月王鲁彦从武汉撤到桂林之后,1939 年一整年都在桂林忙碌:去胡愈之主编的桂林文化供应社任编辑、去省立桂林中学教书、筹备文协桂林分会、在培训班上课等等。因为这一年事情特别多,所以陈、刘两位记载得特别详细。而且相关的史料和王鲁彦自己的文章都没有任何文字提到曾经去重庆白沙女子师范学院教过书。端木蕻良这篇文章写于 1982 年,时间间隔很久了,记忆上难免有错误。

8. 对王鲁彦在桂林一些事实的错误

(1)"为了安排王鲁彦在桂林的生活,大家想出一个办法,即着手编一个文艺杂志,由王鲁彦拿固定的编辑费,大家踊跃写稿。在《力报》编副刊的王西彦,帮助他看稿编稿。刊物定名为《文学杂志》,每月出版一期。通过这个刊物,团结了更多的作家。"②

这段文字有两个错误。

一是这个刊物叫《文艺杂志》而非《文学杂志》。

---

① 端木蕻良:《忆鲁彦》,《新文学史料》1993 年第 1 期。

② 范泉:《记艾芜——一个苦了一辈子,写了一辈子的作家》,《新文学史料》1995 年第 4 期。

　　二是在 1941 年下半年筹备《文艺杂志》刊物时，王西彦还在福建，不在桂林，也不是《力报》的主编，这有他自己的话为证："我和鲁彦的交往，说来历史很短暂。一九四一年秋天，那时我在福建战时'临时省会'永安；正准备摆脱《现代文艺》的编务，离开去湖南；九月初，接到鲁彦从桂林寄来的快信，说他创办了一个《文艺杂志》，要我给他寄稿子。"①

　　蓝海著的《中国抗战文艺史》上的一段话也可以作为佐证："除以前的杂志仍在桂林出版外，随着一九四二年俱生的文艺杂志有：元月王鲁彦主编的《文艺杂志》月刊创刊，出至第一卷第五期后，由王西彦、端木蕻良接编（出至一九四四年三月休刊，一九四五年五月又在重庆复刊）。"②

　　从这两条资料可以看出，王西彦接编《文艺杂志》的时间和期数都非常明确。对此，王西彦进一步说明："这时节，杂志第四期已出版，第五期正在排印，我到桂林后，由我负责编校。"③王西彦自己所说的情况与史料所讲的完全吻合。

　　（2）"王鲁彦当时患有痔病，需要开刀，但又无钱治疗，痛苦异常。幸经人介绍，到周泽钊医师诊所免费动了手术，得以痊愈。"④

　　据覃英和王西彦的回忆文章，王鲁彦的痔疮没有根治过，尤其是感染了结核病菌之后。结核病在当时是一种绝症，根本没有药物能够治疗。所以王鲁彦的痔疮曾动过十多次手术，直至死的时候，他的肛门还是有裂口。"他去世时开刀后的痔疮还未收口，肺部溃烂一直到喉头，令人目不忍睹。"⑤一直服侍在侧的覃英，她的记述是最有说服力的了。

---

　　①　王西彦：《在魑魅的追逐下——记鲁彦的病和死》，曾华鹏、蒋明玳编《王鲁彦研究资料》，江西人民出版社 1984 年版，第 100、115 页。

　　②　蓝海：《中国抗战文艺史》，山东文艺出版社 1984 年版，第 53 页。

　　③　王西彦：《在魑魅的追逐下——记鲁彦的病和死》，曾华鹏、蒋明玳编《王鲁彦研究资料》，江西人民出版社 1984 年版，第 115 页。

　　④　范泉：《记艾芜——一个苦了一辈子，写了一辈子的作家》，《新文学史料》1995 年第 4 期。

　　⑤　刘增人、陈子善：《鲁彦夫人覃英同志访问记》，曾华鹏、蒋明玳编《王鲁彦研究资料》，江西人民出版社 1984 年版，第 136 页。

9.对王鲁彦人生经历中某些事实的错误阐述

"许钦文、许杰、王任叔和潘训都是因为家里贫寒去读不要钱的中等师范学校。……说起王鲁彦更惨,他小学毕业后就去上海当学徒。"[1]

王鲁彦因为支持慈善仁义的徐校长,反对有后台的新任校长而与一部分有正义感的同学一起于1916年春天自发退学了,所以,王鲁彦小学并没有毕业,只能算肄业。

10.对王鲁彦就读学校称呼有错误

(1)"镇海县气候温和,堪称鱼米之乡。当地的人出外谋生或经商的不少。因此当鲁彦17岁时,在灵山小学高小还未毕业,父亲就托人把他介绍到上海一家洋行当学徒,从此鲁彦离开了故乡。"[2]

(2)"父亲出生在宁波北仑(原镇海)大碶镇的店员之家,在私塾读了几年书,又在灵山学校读高小,为抗议乡绅开除了新思想的教师,与一些同学毅然退学;十六七岁到上海谋生,当小伙计,晚上在补习学校学习。"[3]

笔者曾在2010年上半年去灵山学校现场采访过,在一幢建筑里面,看到一块嵌在墙上的碑石,上面有一段介绍性的文字:这所学校原名灵山书院,由乡贤、镇海县优贡生邬(名字不详)捐田100亩于清嘉庆九年(1804)创办,当时在县里颇有名气。学校建立以后几经改名:1905年,灵山书院改名灵山学堂。1907年,更名灵山高等小学堂,附设初等小学堂。民国元年(1912),学堂改称学校。1913年,灵山学堂更称灵山高等小学校。1925年,更名灵山学校。1941年,镇海县政府接管学校,为县立灵山学校,附设国民学校。1949年5月,镇海解放,镇海县人民政府接管,以后又进行多次改名。一直到2004年10月,学校隆重举行灵山学校复名暨建校200周年校庆,复名为灵山学校。

王鲁彦在这里就读的时间是1914年下半年至1915年底,这个时段该学校叫"灵山高等小学校",简称"灵山高小",而不是如覃英所说的叫"灵山小

---

① 钱英才:《论浙东乡土作家的文化意识和特点》,《宁波大学学报》1994年第1期。

② 覃英:《鲁彦生平和创作简述》,《中国现代文学作家选集——鲁彦》,人民文学出版社1992年版,第253页。

③ 王莎莉:《忆起儿时父亲在世时……》,《王鲁彦文集·附录》(伍),人民文学出版社2009年版,第277页。

学",也不是如王莎莉所说的"灵山学校"。

　　以上是我在研读王鲁彦研究资料时发现的一些问题,并一一加以辨析,挂一漏万,希望能给其他研究者提供一点帮助。

（原载于《中国现代文学研究丛刊》2011 年第 11 期）

王鲁彦的佚文及佚事

一 王鲁彦创作概况及佚文评析

王鲁彦是 20 世纪二三十年代乡土小说派的中坚作家，他一生创作有《柚子》《黄金》《童年的悲哀》《小小的心》《屋顶下》《雀鼠集》《河边》《伤兵旅馆》《我们的喇叭》等九部短篇小说集；一部中篇小说《乡下》；一部长篇《野火》（后被覃英改为《愤怒的乡村》），未完成的半部长篇《春草》；一部日记体中篇小说《婴儿日记》；两部散文集《驴子和骡子》《旅人的心》；还有一部《鲁彦短篇小说集》和一部《鲁彦散文集》；译作主要有《显克微支小说集》《世界短篇小说集》等。王鲁彦一生只活了短短的 44 年，但是他留下来的文学遗产达 150 万字，创作和译作的数量几乎相等。

王鲁彦走上文坛的前十年，学界对他的关注比较多，茅盾、鲁迅、苏雪林、叶圣陶都专门撰文评价他的作品，这在当时的文坛是比较少见的。30 年代中期之后评论文章开始减少。1944 年 8 月 20 日王鲁彦逝世之后，巴金、王西彦、邵荃麟、文怀沙等作家都发表了纪念性的文章，但多以回忆、评价王鲁彦的为人、与别人的友谊为主，分析他作品的文章很少。新时期以来，苏州大学的范伯群、曾华鹏教授率先在 1980 年出版了 10 万字的《王鲁彦论》，因为当时特定的政治环境，这部作品的评价标准很单一，只是从阶级斗争的角度来评价王鲁彦的作品，全书大量的文字是评析王鲁彦的作品，对于王鲁彦的人生经历涉笔甚少，所以这部专著只能算作品论。此外，也出现了不少论文，研究的角度开始拓展到叙事学、文化学、民俗学、经济学等。但总的来说对王鲁彦的研究是不够深入的，这主要体现在对王鲁彦研究的学术论文数量不够多，而且有影响的、高质量的论文较少。在王鲁彦的研究资料中关于王鲁彦的出生时间、出生地、去上海做学徒的时间等错误百出，很多论文照搬别人的错误说法，人云亦云。王鲁彦的一些作品散见于报纸杂志，没有被完整地搜集起来，为此笔者一直在做搜集整理王鲁彦佚文的工作。

最近笔者在查阅三四十年代的旧报纸时，发现了王鲁彦创作的三篇散文，分别为《人类的喜剧》《汽笛》和《弹弓》；两篇王鲁彦离开郿阳去西安的新闻报道；一篇叙写王鲁彦为何去郿阳的文章；还有半部长篇小说《春草》；一封王鲁彦写给《广西日报·漓水》编辑莫宝坚先生要求中止连载《春草》的信，总计两万多字。其中，因为报纸残缺，《春草》(1—17)和《春草》(21)没有查到，正在通过另外的图书馆查找。

此前，笔者曾查阅曾华鹏、蒋明玳编辑的《王鲁彦研究资料》中的《王鲁彦著译系年》一文，这是迄今为止最为系统、全面的王鲁彦著译目录，但里面没有提到《人类的喜剧》《汽笛》和《弹弓》这三篇作品，只提到了长篇《春草》。

笔者也查阅了陈子善和刘增人编写的《鲁彦年表》，除了散文《汽笛》、长篇《春草》被提到以外，其他两篇散文也没有提及。

2009 年 5 月人民文学出版社出版了一套五卷本的《王鲁彦文集》，其中两部为短篇小说集，一部是中篇小说集，一部是长篇小说集，一部是散文集，也没有收录这三篇散文和长篇《春草》。

根据以上情况，笔者以为有辑录和分析这三篇散文和《春草》的必要，鉴于《春草》尚未搜集完整，本文主要就三篇散文进行剖析，同时把王鲁彦为何去陕西郿阳教书的佚事整理出来。

《人类的喜剧》发表于 1935 年 1 月 1 日的《西京日报》，作者先用带点嘲讽的语气描绘人们在新年来临时忘乎所以的高兴劲，然后借新年之口警告人们：时光易逝，生命宝贵，新年带给我们的不是盲目的乐观，而是悲哀和绝望，因为"你们又大一岁了，你们愈走愈缩短了你们的生命，你们从此离开你们的坟墓愈近了！"但是天天生活在痛苦中、被绝望压得喘不过气来的人们对快乐的渴望是如此强烈，他们不顾时间老人的警告，借助新年的舞台，到处贺喜，到处送拜年片，或真诚或虚伪地演"喜剧"给别人看，也看别人演的"喜剧"。人们暂时被新年的快乐所蒙蔽，把永恒的人生悲剧忘记了。但是时间老人再次提醒人们："你们又大了一岁了！你们愈走愈缩短了你们的生命，你们从此离开你们的坟墓愈近了!"作者借助新年一再提醒人们时光易逝,青春易老,以引起人们的重视。文章在朴实的语言下包藏着深刻的哲理,发人深省,耐人寻味。这篇散文就创作手法而言接近前期小说《柚子》,运用幽默、嘲讽且带点夸张的语言,形象地描绘人们在庆祝新年时那种喜剧化的动作和场景。但是,王鲁彦不太擅长运用幽默和讽刺,因而文章显得生硬,思想表达也较为直露,无形中影响了这篇散文的艺术价值。

《汽笛》发表于 1935 年 1 月 9 日的《西京日报》,这是一篇抒情色彩较强的叙事散文。1933 年上半年,王鲁彦在上海江湾立达学院教书,生活稍微稳定了一点,他就想把父母从宁波乡下接到上海来。夫妻俩根据父母的年龄和喜好在江湾租好了一套房子,这套房子距离火车路有百米远,旁边有学校、跑马场,每天有学生和跑马厅的马夫骑着马从这里经过,附近有一两家小店,但汽车、洋车很少,闹中取静。房子里有三个朝南的房间,每一个房间都有一个很明亮的窗子,其中两间还各有一扇玻璃门;考虑到父亲喜欢花草,王鲁彦还与邻居商量,合租了一个小小的花园房。夫妻两个可谓用尽心思,这套房子无论是地理位置还是朝向都适合老年人居住。但刚租好房子,就得到父亲生病的消息,他想早点把父亲接到上海来看病,所以搬进房子才 4 天就急急忙忙赶回家乡,可是他早上到家,傍晚父亲就去世了。为了缓解母亲的悲痛,处理好父亲的丧事之后就把母亲接到上海,还把姐姐一家也接到上海。作者自己和姐姐努力营造各种氛围为母亲排除内心痛苦,孙子、孙女辈也以幼小稚嫩的心、可爱的童真去感染老人,转移她的注意力。功夫不负有心人,一段时间之后,母亲果然慢慢地从怀念父亲的悲痛中解脱出来,转移到含饴弄孙、享受天伦之乐上来了,儿子的一片苦心总算没有白费。文章的前半部分用细腻的笔触叙述了租房、回家、丧父的经历,后半部分穿插着母亲与子孙辈的对话,形象地写出了孙子辈的可爱,老母亲不顾内心悲痛对孙子辈的精心呵护。全文手法多变,情感真挚,语言朴实,对话生动,继承了他一贯以琐碎小事表达内心情感的手法。儿子的拳拳之心,孙子、孙女辈的天真可爱,以及母亲终于从悲痛中释然的心理过程都写得可视可感。

《弹弓》发表于 1940 年 4 月 11 日的《广西日报·漓水》,文章用问句开篇,亲切自然。然后用娓娓动听的语言,殷殷嘱咐孩子如何练习使用弹弓、如何像老鹰一样练就一双能看清水底游鱼的锐眼、如何避开对人类有益的鸟类和自己同胞的伤害,最后告诫孩子要把弹弓对准全国人民的共同敌人——日本鬼子。文章取材很小,立意深刻,全文采用排比句和疑问句相结合的方式,既有气势又引人人胜,其中一段用了九个问句组成的排比句,满腔愤慨地倾诉了日本鬼子在中国犯下的滔天罪行,气壮山河,引人共鸣,其强烈的爱国主义情感极大地鼓舞了读者,也增加了文章的思想价值。作者把希望寄托在孩子身上,一再用亲切的语调鼓励孩子苦练杀敌本领,以期长大后走上战场亲手杀死敌人。王鲁彦笔下关于儿童的作品不是很多,尤其在后期,这是唯一的一篇,说明作者创作题材和角度的多变。

王鲁彦的创作思想前后期是有变化的,前期他曾经接受过无政府主义和人道主义思想的影响,作品中流露出较浓的人道主义思想;中期的作品主要体现文化批判思想和阶级斗争思想;后期的作品中具有强烈的爱国主义思想。这篇散文的发现,对于我们进一步了解王鲁彦后期的创作思想有很大的帮助。

二 王鲁彦的佚事

1934 年初,王鲁彦离开上海前往陕西部阳教书,一般研究资料都认为那是因为王鲁彦的家庭拖累太重,靠在上海写稿和教书的一点微薄收入已经无法担负全家的生活费用,于是前往陕西部阳去教书。不可否认,这是一个原因,但还有另一层原因。

当时陕西部阳中学的校长是党晴梵,他是部阳本地人,曾考过秀才,后放弃科举考试,到上海进入由归国留学生办的中国公学。他是老同盟会会员,经历过陕西的二次革命;他精通文史,学识渊博,曾在西北大学任职;他为人正直,敢于与黑暗势力作斗争。自从他当了部阳中学校长之后,想利用这个机会为老百姓做点实事,即使自己受些小苦,但只要对社会有好处,也是愿意承受的。在这个学校里他还有一个好朋友叫党修甫,两人志同道合,所以,凡是学校发展的相关计划,他都与党修甫商量。党修甫来部阳中学之前,曾于 1928 年和夏康农、张友松创办春潮书店,除出版了《茶花女》《曼侬》等数十种书以外,还出了几十期《春潮》月刊,那时他们与新月派斗争得非常激烈,党修甫以一修的笔名发表了不少的文章。党修甫与鲁迅的关系非常密切,鲁迅有好多书都是由北新书局出版的，但是他们拖欠鲁迅的稿费达五万多元，鲁迅多次催促，他们就是不还，鲁迅没有办法，只好诉诸法律。党修甫为鲁迅聘请律师，在法院、律师之间斡旋，最后鲁迅胜诉，北新书局赔偿给鲁迅八千多元现金。但是，党修甫与夏康农、张友松等因为没有娴熟的商业运作技巧和手段，结果他们经营的春潮书店不但没有赚钱，还把两万多元的本钱给赔光了。党修甫身无分文，最后是鲁迅给了他四百块钱作路费，他才回到了邵阳老家。到了邵阳之后，他就到邵阳中学去研究和教授自然科学，当地人谁也不知道他曾是一个在新文学史上非常活跃且很有学术修养的人。这次党晴梵当了邵阳中学的校长之后，党修甫非常开心，觉得邵阳中学有前途了。于是党修甫把自己多年的老朋友王鲁彦介绍给党晴梵，聘请他前来教书。王鲁彦一方面想要看看伟大的西北与那坚强的民族性，一方面也想会会几个老朋友，便毫不迟疑地答应了颌中的邀请，到这里来教语文。但是党晴梵当邵阳中学的校长并没有如他想象得那么简单和顺利，而是困难重重。首先，经费不足，邵阳中学本来每月有地亩附加收入八九百元，基金万余元，每月可得利息一二百元，这些钱勉强可以维持邵阳中学正常的运转。自从党晴梵到邵阳中学之后，发现基金不知怎样已失去大半，地亩附加收入三扣两扣，也已成了五百元，而且每月领不到。其次，地方劣绅乘机造谣进行破坏，说邵阳中学聘请的教员，均为"下等人"，说党晴梵是"招兵不是办学"。在这样的困境下，邵阳中学前途莫测，如果政府不设法补助，恐怕要关门。否则，只能在不死不活中苟活。王鲁彦对邵阳中学的现状及自己的处境感到非常痛苦，几次想离开邵阳前去西安，均因学校及学生的恳切挽留，不能成行。这就是王鲁彦去邵阳中学教书的另一个原因及到那里之后的生活。

不过，半年之后，王鲁彦利用暑假离开了邵阳中学。8 月底，他带着夫人和孩子到西安高中教书去了。

附:三篇佚文

人类的喜剧
鲁　彦

新年又到了。

它在地球上罩下了一幅异样的幕,激起了一种异样的波浪。

"恭喜! 恭喜! 新年恭喜!"每一个人的嘴边都挂着这话,拱手的拱手,弯腰的弯腰。

红的花的拜年片,雪片也似的到处飞着:希望你升官,希望你发财,希望你多子多孙,希望你康健,希望你快乐,希望你……一句话,希望你一切都好!

我对你是这样,你对我也是这样,全世界的人都是这样。

没有比这更伟大,在全一的时间里,全人类能够这样一致的和谐的动作,呈现出快乐的善意的表情。

这是新年带给我们的吗?

不,它带给我们的是悲哀和绝望。它来到的时候,它对我们大声地叫着说:

"你们又大一岁了! 你们愈走愈缩短了你们的生命,你们从此离开你们的坟墓愈近了!"

这叫声使我们悲哀,使我们绝望。我们天天生活在痛苦中,不息地演着人生的悲剧,只是够受了,它还要给我们这样大的绝望。我们挡不住这悲哀,我们要求快乐的欲望突然强烈地起来了。我们的绝望愈深,我们的希望也愈大。于是当新年来到的时候,我们索性忘记了过去的痛苦,产生了新的希望。

我们到处叫着:

"恭喜! 恭喜! 新年恭喜!"

我们希望自己好,也希望人家好!

在新年里,倘若我们中间还有谁不感觉到快乐,也就假装出了快乐的样子;要哭的人也就装着假笑;即使恶意的咒语从心冲了出来,一到嘴边就变成了"恭喜! 恭喜!"

　　总之,无论是出于真心或出于假意,全世界的人类都一致的和谐的动作,呈现出了快乐的善意的表情。用不着强迫,用不着指挥或劝导,人人都自动的涂上一副花脸,笑嘻嘻地跳上了新年的舞台,演喜剧给别人看,同时也看别人上演喜剧。

　　"恭喜! 恭喜! 新年恭喜!"大家拱着手,弯着腰,花脸对花脸。

　　红的花的拜年片,雪片也似的到处飞舞着。

　　快乐走遍了大地。希望迷住了全人类的眼睛。人人的耳鼓给欢叫声振破了,听不见新年在大声地叫着说:

　　"你们又大了一岁了! 你们愈走愈缩短了你们的生命,你们从此离开你们的坟墓愈近了!"

　　我们在演一幕伟大的喜剧,我们暂时把那永恒的人生的悲剧忘记了。

　　　　　　　　　　　　　　（原载于《西京日报》1935 年 1 月 1 日第五版）

汽　笛

鲁　彦

汽笛开始响了，我的心也跟着跳荡起来。

那是我最熟识的一种声音。

前年的春天，为了老年的父亲和母亲住在故乡太寂寞，我们就决计接他们到上海一道住。又恐怕他们过惯了乡间的宁静生活，不耐烦上海的扰攘，特把地点定在上海附近的江湾镇。但又怕他们住在乡间似的江湾镇有时会感觉寂寞，因此费了许多麻烦，才觅定了几间最合适的楼厢房。厢房外面有一间小小的花园，我知道父亲最喜欢种植花草，特和同住的朋友说妥了，作为我们合租的。小花园墙外是一条宽阔的马路，一早起来可以看见跑马厅的马夫骑着马在这里跑过。马路左右有一两家小店，白天里可以看见男女学生们来往买吃和晚间的散步。汽车洋车是很少的，说冷静并不冷静，说热闹也并不热闹，再往远一点，约百步之外，有一点空地，栽着两三株杨柳，杨柳外便是火车的轨道，方向正是和我们的房子并排的。我们的楼厢房一共有三个窗子和两扇玻璃门正对着马路及车轨一方面，可以把外景看得很清楚。我们觉得这地方是不能再合宜于老年人了，所以宁愿多出一点租钱，立刻就先搬了进去，打算一星期后便回到故乡去接父亲和母亲。

但是不幸，父亲却在这时生了病了，我想提早接他到上海医治，搬进新屋后第四天便独自先回了故乡。却想不到我早晨到家，他晚上就死了。

"我没有福气和你们在上海同住了，接你母亲去享福吧！"他叹息着说，把手放在我的头上。"但我也总算有福气了，能够见到你。"

抱着沉痛的遗憾，我在父亲死后三星期固执地把母亲接到了江湾。她太憔悴了。我不能让她在处处可以引起她悲伤的环境里多住一天，为要使她忘记，我又把姊姊的一家人一道接了出来，包围着她。

江湾的房子果然是非常合她的意的。

"唉！倘若你父亲在这里——住上几天也是有福气的！"她常常叹息着，流着泪。

"火车！火车！外婆！"

"火车来了，火车来了，祖母！"

汽笛远远地叫起来时，我们便把她的孙子或外孙女放在她的膝上，于是她不得不抱着一个牵着一个，走近了窗边。

"来了！来了！"大家都叫着。

"不要伸出头去！会翻下去哩！好宝宝，阿，一个外国女人吗？眼镜拿来？穿的是什么衣服呢？看呀！好宝宝！好大的肚子……"

"大肚子！大肚子！"

几个孩子在地上挺着肚子，做起样子来。

于是她笑了，她暂时忘记了悲伤，凝望着进站或出站的缓慢的火车。

这是从吴淞到上海北站的火车，路程很短促，每小时要经过我们那里两次。因为靠近车站，所以每次进出都在我们附近鸣笛。孩子们不管看得见车子里的人物与否，每次一听见汽笛声，便狂叫着跑到窗边去，于是母亲也就比我们还快的走过去照顾孩子们了。日子久了，她便成了习惯，知道火车快要来到，便预先带着孩子们在窗口等着，火车不见了许久，她还站在那里。

她到底因了房内的孩子们的啼笑和窗外的汽笛声，渐渐开了笑脸，渐渐把她的悲伤减轻了。

（原载于《西京日报》1935 年 1 月 1 日第五版）

弹 弓

鲁 彦

你喜欢弹弓吗,孩子?

来,给你所喜欢的弹弓!

第一要瞄准,要练眼光,要把你的眼光练得和鹰的眼光一样尖。你看见天空中飞着的鹰吗?它飞得好高,飞得好快,但它一面飞一面在向地上望哩!地上有什么东西,它全看得见,全看得很清楚——不,还有那水里游着的小鱼,它也看得很清楚的!你要和它一样,把你的眼光练得好尖好尖!你要望清楚树林里躲着的东西,你要望清楚草堆后藏着什么!你看清楚了,然后举起你的弹弓,然后装上你的石子,对你要打的东西瞄准,不要太高,也不要太低,要正对着它的要害,然后你留心你的手臂,不要偏不要歪,不要用力太猛,不要用力太小,一拉一松,石子就出去了!

看呀,拍的一声,你的石子不是打到那边去了吗?你真有本领啊!

可是你还没打得准,你把你的石子打到别的地方去了!你还得好好的练习,不要把你的石子打到你朋友的身上,不要把你的石子打到我们同胞的身上,你得把你的石子对准你所要打的东西打去!

不要学别的孩子专门用弹弓去打鸟,有许多鸟是于农业有好处的,它们吃那些稻田里的害虫,它们是益鸟。有些鸟也并不妨碍我们人类,它们会唱很好听的歌,我们听了很高兴。有些鸟很可怜,它们生来就活不长久,它们常常找不到东西吃,遇到发风落雨下雪没有地方藏身。你不要想吃这些鸟儿的肉,不要用你的弹弓去打它们,也不要以为把它们抓了来,关在笼子里很好玩,它们是自由自在的飞惯了的,关在笼子里,它们会忧郁得活不下去,正好像一个人关在监牢里就活不下去一样。

放过这些可怜的鸟儿吧,孩子!你应该用你的弹弓去打你的敌人!

你知道谁是你的敌人吗,孩子?你知道了以后,你就千万不要放过他啊!

别说张三李四,那些都是中国人,是我们的同胞,是我们自己人呀!他们一时和你吵架,以后又会跟你要好的,这些都不是你真正的敌人,你应该放过他们！

你的真正的敌人，是我们大家的敌人，是我们全国同胞的敌人呀！

你知道谁逼你逃难到这里来的吗？你知道谁使你没有好的穿好的吃吗？你知道谁驾了飞机到我们这里来丢炸弹吗？你知道许多中国人给谁杀死的吗？你知道许多屋子给谁烧掉的吗？你看见我们中国人，有许多人没衣穿没饭吃的吗？你看见我们中国人，有许多断了腿伤了臂吗？你看见我们中国人，有许多找不到爸爸妈妈哥哥弟弟吗？谁使你受这许多苦，谁使我们全国的同胞受这许多苦的呢？

记住吧，孩子！记住你的真正敌人，我们大家的敌人，全国同胞的敌人吧！你应该举起你的弹弓对这真正的敌人瞄准呀！

别以为年纪小，别以为这弹弓小！你很聪明，你很有志气，你很快就长大了！你现在先用你这弹弓练你的眼睛你的手吧！等你长大时，你就晓得用手枪，晓得用手榴弹，晓得开大炮丢炸弹了！那时候，你就是第一等人物，敌人就不敢欺侮你，不敢欺侮我们中国人了！

来，孩子！给你所喜欢的弹弓！认清你的敌人，瞄准你的敌人！举起你的弹弓！来，孩子，给你所喜欢的弹弓！

（原载于《广西日报·漓水》第 19 期第 4 版，1940 年 4 月 11 日；又载于《新文学史料》2012 年 2 月第 1 期）

论 20 世纪二三十年代乡土小说中
女性形象的女性意识

从欧洲文艺复兴和中国明清开始，一些进步的思想家、文学家著书立说，反对男权意识、倡导提高女性地位。1791 年，法国的奥普林·德·古日发表了《女权宣言》，英国的玛丽·奥尔斯通克拉夫发表了《为女权辩护》等著名论文，阐述妇女在革命运动中缺席的现象、批判女人生来是男人附属物的观点。中国明代的李贽宣扬"童心说"；晚清的梁启超、秋瑾、金天翮等积极提倡男女平等、婚姻自由；金天翮 1903 年出版的专著《女界钟》，系统地论述了妇女的权益问题，呼唤妇女解放。五四新文化运动中，鲁迅、周作人、李大钊、陈独秀、胡适等"大力倡导妇女人权"，提出"妇女也是人"等观点。李大钊写了著名的《妇女解放与 Democracy》的文章，提出："我们若是要求真正的 Democracy，必须要求妇女解放。"鲁迅写了《我之节烈观》《再论雷峰塔的倒掉》等文章，强烈抨击了封建社会统治者把"国将不国""人心日下"的现状归咎于妇女"不节烈"的观点。

鲁迅不但在理论上大声疾呼，而且把这种思想贯穿到自己的创作实践中去，在小说《祝福》《明天》《离婚》《伤逝》中，通过塑造三种不同命运的女性形象，呼唤女性的觉醒，探讨女性的出路。鲁迅的小说，在一批远离家乡去城市寻求发展的文学青年中产生了影响，他们也像鲁迅一样，通过塑造女性形象，探讨女性的命运和前途，如：许钦文《疯妇》；台静农《烛焰》《拜堂》；彭家煌《怂恿》；许杰《放田水》；王鲁彦《李妈》《屋檐下》《愤怒的乡村》等。

对于这些女性形象，学界多从社会历史的角度分析她们的命运，而从女性主义的角度对她们进行系统研究的还比较欠缺。本文试图运用女性主义的理论，通过归类比较，探讨她们的悲剧命运以及对待命运的不同态度，揭示其女性意识由完全麻木到逐渐觉醒的过程。

女性意识是女性主义理论的一个核心概念,对于这个概念学术界有多种解释。乐黛云认为:"所谓女性意识应包括三个不同的层面:第一是社会层面,从社会阶级结构看女性所受的压迫及其反抗压迫的觉醒;第二是自然层面,从女性生理特点研究女性自我,如周期、生育、受孕等特殊经验;第三是文化层面,以男性为参照,了解女性在精神文化方面的独特处境,从女性角度探讨以男性为中心的主流文化之外的女性所创造的'边缘文化',及其所包含的非主流的世界观、感受方式和叙事方法。"①根据这个观点,可以发现以鲁迅为首的乡土作家基本上是从女性意识的第一个层面,即从社会阶级结构展示女性受到的压迫及其反抗压迫意识的觉醒来塑造女性形象、思考女性命运的。他们塑造了三类女性形象:第一类是在封建社会压迫和封建思想的束缚下,失去最起码的政治、经济、受教育权利,只是作为男性的附属品而存在,无法掌握自身命运,基本丧失女性反抗意识的女奴。如鲁迅《明天》中的单四嫂子、《祝福》中的祥林嫂;许钦文《疯妇》中的双喜妻;台静农《烛焰》中的翠姑;许杰《赌徒吉顺》中的吉顺妻。第二类是反抗意识刚刚有所萌芽就被外在强大的黑暗势力所压制的女性,如鲁迅《离婚》中的爱姑、《伤逝》中的子君;废名《浣衣母》中的李妈。第三类是反抗意识开始觉醒的女性,如许杰《放田水》中的阿元嫂;台静农《拜堂》中的汪大嫂;王鲁彦《李妈》中的李妈、《屋顶下》中的阿芝婶、《愤怒的乡村》中的葛生嫂等。

一 没有反抗意识的女奴

鲁迅《明天》中的单四嫂子、《祝福》中的祥林嫂,基本属第一类。鲁迅把这两个女性都设置成寡妇,而且都要面对严苛的生活环境。单四嫂子独自带着三岁的儿子,为了养家糊口,每天必须纺纱到深夜,红鼻子老拱们不但不帮助她,还常常拿她过嘴瘾。当她儿子生病时,蓝皮阿五乘机"吃她的豆腐",周边的人都充当冷漠无情的看客。她一个人抱着儿子去求医,眼睁睁地看着儿子死亡,经受失去儿子之后痛彻心扉的哀伤。单四嫂子除了悲伤、绝望和接受现

---

① 乐黛云:《中国女性意识的觉醒》,《文学自由谈》1991 年第 3 期。

实之外，没有作出任何反抗的行动，哪怕在内心产生一丝念头都没有，单四嫂子已经完全被封建社会压制成木头一样的女奴了。祥林嫂第一次来到鲁四老爷家时，丈夫也死了。祥林嫂是因为怕被婆婆卖掉而逃出来打工的。在鲁四老爷家的活计并不轻松，但毕竟没有被卖掉的担忧，所以她的脸色反而好看起来了。不过最终还是逃不出婆婆的魔掌，被卖到贺家坳，即使拼死挣扎甚至撞破脑壳也无法改变被卖的命运。幸亏贺老六心地善良，两人之间有了几年短暂平静的生活。但灾难接踵而至，先是贺老六得伤寒病不治而死，后是三岁的儿子阿毛被狼叼走。祥林嫂再次回到鲁四老爷家，回到阶级压迫的状态中，这时的祥林嫂已经背着"克夫命""白虎星"的罪名，民众（包括鲁四老爷、鲁四婶）除了对她进行肉体上的压榨以外，更多了一层精神上的排挤。两个死去的丈夫成为祥林嫂心理上沉重的负担，最后，祥林嫂活活地被政权、族权、夫权、神权四座大山压疯、压死。

单四嫂子和祥林嫂这两个丈夫早逝的女性，她们身上的性别之争被严苛的生活之争、残酷的社会之争所代替。不过与单四嫂子相比，祥林嫂进步一些，当她得知婆婆要把她卖掉时，她会从家里逃出来，当被婆婆抓住卖到贺家坳去时，她会大哭大闹加以反抗。但是与其他先进的妇女比较起来，祥林嫂的反抗意识还是不够强的。这表现在她对人们一直用第一个丈夫的名字称呼她丝毫没有异议，另外，祥林嫂对于丈夫的依赖性很强。

鲁迅塑造这两个人物意在批判社会的黑暗、周围人们的冷漠自私；同时对单四嫂子、祥林嫂的悲惨命运寄予深切的同情，对于她们缺乏强烈的反抗意识表示些许的不满。

许钦文《疯妇》中的双喜妻，十分勤劳，她每天工作 14 小时，一天要褙一千八百张锡箔。她与丈夫相处和谐，也很孝敬婆婆，但双喜娘不喜欢她，因为她没有继承双喜娘经布的技巧，又夺去了双喜的爱。所以，当双喜妻因为送丈夫多走了几步，导致鲞头被猫叼去，去追猫的过程中淘米笆又被河水冲走之后，婆婆不但没有原谅她，反而跑到别人家里去宣传她的不好。在这个单亲家庭中，婆婆是一个具有绝对权威的封建家长，她的一言一行直接对双喜妻的生活构成威胁。双喜妻对婆婆的做法很不满，但卑屈的地位、内向的性格，使她不敢发泄，只有把冤屈闷在心里。结果，一个星期之后就发疯了，三个星期之后就死掉了。一个健康能干的妇女就这样被怨毒的婆婆和自己懦弱、缺少反抗精神的性格夺去了生命。台静农《烛焰》中的翠姑也是如此，未来的丈夫病重，夫家要她去"冲喜"，母亲阻止，父亲从传统的习俗出发，认为女儿终归是别人家的人，同意翠姑出嫁，而翠姑自己缺乏主见和反抗性，结果匆忙出嫁。三天后就穿起孝服，为丈夫送葬，留给她的是终生守寡的悲哀。许杰《赌徒吉顺》中的吉顺媳妇也是一个夫权制下的牺牲品，丈夫为了还赌债，把她当作一个抵押品典给举人，去为他生儿子。当吉顺媳妇听到这个消息时，内心也掠过一丝反抗的意识，但最终还是顺从了丈夫的安排。彭家煌《怂恿》中的政屏，受牛七的挑拨，为了要挟裕丰，指使自己的妻子二娘子跑到原拔家去上吊，尽管二娘子得知这个消息后关起门来大哭了一场，但还是顺从丈夫的旨意去了，吊在原拔家下人盛大汉的床弯里。被原拔家救下来之后，受尽了侮辱，差一点成为家族间争斗的牺牲品。这类女性基本上失去抗争意识，任人摆布，其命运可想而知。

二　稍有反抗即遭扼杀的女性

第二类女性是稍有反抗意识和行动即遭扼杀。鲁迅《离婚》中的爱姑，因为丈夫姘上小寡妇、公公也帮着儿子一起欺负她而失去婚姻和家庭。爱姑带着自己的六位兄弟、父亲，一次次去夫家争吵，希望对方能够回心转意。这样的状况持续了将近三年，但最终被七老爷的威严和一声响亮"来……兮"吓得改变了主意，由原来的坚决不肯离婚、不肯接受调解变为愿意接受"七大人的吩咐"而离婚。爱姑的反抗意识和行动完全是被外在强大的封建势力所扼杀的。

《伤逝》里的子君与前面几位女性相比反抗意识更强。当她爱上涓生之后，遭到父亲和叔叔的反对，她宣称："我是我自己的，他们谁也没有干涉我的权利。"并勇敢地冲出家庭，与涓生走到一起，共筑爱巢。但是同居后不久，炙热的感情开始冷却，勇敢的子君开始被一些琐碎的家务所缠绕，不是为油鸡与女房东斗气，就是被家务事搞得蓬头垢面、心情很差，结果弄得涓生的心情也不好，两人之间的感情日渐淡薄。在这个节骨眼上，涓生的上司知道了他们夫妻间闹矛盾的事，辞了涓生的工作。经济来源被切断，新的谋生之道一时又找

不到,两人的生活开始受到威胁,美丽的爱情开始褪色。而子君没有及时调整
自己的生活态度和方式,终于使心灰意冷的涓生说出了分手的话。不久,子君
的父亲把她接回去,不出几个月,孤独伤心的子君悲凄地离开了人世。子君情
感的失败和她的死表面上看起来是涓生的冷酷无情导致的,实际上真正的杀
手是残酷的现实社会给这对年轻人精神上、物质上带来巨大的压力,使他们呼
吸困难、步履维艰。当然也跟子君同居后陷于琐碎的家务而折断奋斗的翅膀
有关。鲁迅创作这部小说意在强调自己在《娜拉走后怎样》一文中的观点:"所
以为娜拉计,钱,——高雅的说罢,就是经济,是最要紧的了。自由固不是钱所
能买到的,但能够为钱而卖掉。"

废名《浣衣母》中的李妈早年丧夫,一个人拉扯大一群孩子,她对周围邻居
甚至过路的人都很慈爱,因此大家称她"公共母亲"。原以为养儿可以防老,可
孩子们长大后走的走了,死的死了,希望破灭了。这时来了一个中年汉子,在
李妈家门口搭了一个茶铺,李妈产生与他一起度过余生的念头。可是周围人
的态度马上变了,流言蜚语也多起来了,"公共母亲"变成了"城外的大老虎"。
她原先付出的努力,建立起来的良好信誉,都在"饿死事小,失节事大"的封建
礼教面前化为唾沫。最后,那个汉子走了,李妈的生活恢复原样,周边的一切
也重归平静。李妈一个人的力量无法与强大的封建势力匹敌,只能以失败而
告终。

这些女性都是这个社会中最为不幸的人物,她们生活范围狭窄,又没有受
教育的机会,虽然也有反抗意识的萌生,但强大的封建势力,根本不给这些反
抗的幼芽生存的机会。

但是在乡土小说中,并不是所有女性都逆来顺受,也有几个女性形象的反
抗意识开始逐渐觉醒。尽管西蒙娜·德·波伏娃在《第二性》中指出:在社会
历史中,男性居于主导和决定地位,女性则处于被主导和被决定的地位;女性
的历史和现状是男性的需要和利益决定形成的。"定义和区分女人的参照物
是男人,而定义和区分男人的参照物不是女人。她是附属的人,是同主要者相
对立的次要者。他是主体,是绝对,而她则是他者。"①鲁迅也深知中国妇女争

---

① 西蒙娜·德·波伏娃:《第二性》,陶铁柱译,中国书籍出版社 2004 年版,第 4—5 页。

取应有权力的艰难，在 1919 年就提出女性离家出走的出路只有两条，不是堕落，就是回家，此外别无出路。

但是，时代毕竟已经到了 20 世纪，五四新文化运动的开展，大量西方文学作品的引入，尤其是易卜生《玩偶之家》一剧在国内的上演，使一些走在时代前列的女性开始接受西方文明的新观念，女性内心的自主意识逐渐萌生，她们开始寻求自我解放之路。乡土小说家自然也受这样思想的影响，他们在作品中塑造了一些具有反抗意识的女性。

三　具有反抗意识的女性

许杰《放田水》中的阿元嫂是一位坚强、不向恶势力屈服的女性。在丈夫被地主打伤后，她怀着"要活下去"的强烈信念，承担起去农田看水的任务。当她半夜扛着锄头去田间看水时，路上即遭到男性的调戏和地主儿子的威胁，但这些都没有压倒她。"有钱有势的人，固然可以做人，但是我们穷人，难道应当饿死吗？不，不，我也应该挣扎，挣扎着做人。"这是阿元嫂生活的信念，也是支撑她行动的力量所在。她这种生活的勇气彰显了女性反抗意识开始萌芽的曙光。台静农《拜堂》中的汪大嫂有着纯朴和善良的美德，即使在艰难困苦之中仍然没有失去对生活的希望。丈夫死后，小叔子汪二爱上了她，这在当地人看起来是一件很不光彩的事，而且汪大嫂已经怀孕。周围的人指指点点，甚至连公公也决绝地反对他们结合。为了避人耳目，他们把婚礼安排在后半夜，但汪大嫂考虑到今后还要在这里生存，就坚持请邻居田大娘作为婚礼的主持人，按照正常结婚的仪式举行了婚礼。汪大嫂身上体现出一种光明磊落，行得正、坐得稳的为人做事风格。

王鲁彦《李妈》中的李妈，因为丈夫被拉丁，家乡又遭灾，被逼无奈到上海去寻生计。刚开始当女佣时，李妈处处小心，非常勤快，但不是被主人辱骂，就是被拳打脚踢。她感到委屈，觉得自己也是一个人，凭什么要受到雇主这样的欺压？要不是乡下九岁的儿子病着、饿着，她绝对不会受这种气。渐渐地，她内心的反抗意识开始萌芽，她也像其他娘姨一样开始怠工、偷懒，主人稍有意见，她就发脾气，比主人还凶，有时揩了油被主人查出来了，她也不害怕，不脸红，对于主人的小孩，她不肯再被他们踢打，而是进行反抗。被主人辞退后，她又神气十足地坐在荐头行的门口,摆出一副"老上海"的派头。虽然许多研究者认为李妈的反抗有点变态,人格变得低下,但范伯群和曾华鹏在专著《王鲁彦论》中对李妈的行为是肯定的,笔者也认为对付那些不体恤下人的雇主,反抗是必须的。李妈的反抗精神是值得肯定的,但她的反抗手段是不可取的。其实李妈由一个诚实善良的乡下妇女转变成为一个刁钻油滑、具有变态反抗意识的娘姨,其原因是多方面的。表面上看起来是这些雇主恶劣言行的逼迫以及其他娘姨的教唆所致,实际上还是当时社会的黑暗所致,统治者的残酷、社会道德的沦丧、老百姓生存的艰难、一些小人物像荐头行老板的无行,都是造成李妈变态反抗的原因。

《屋顶下》叙写了婆媳之间因为生活理念的不同,为一些生活小事产生矛盾的过程。媳妇依照丈夫的吩咐,买来了新鲜黄鱼和新上市的蔬菜孝敬因过度操劳而身带疾病的婆婆,婆婆却因为心疼钱而不肯下筷;媳妇以为这些食品不合婆婆口味,又去买了红枣等补品,婆婆不但不领媳妇的情,反而生气而且出口骂人。阿芝婶忍耐几次之后就开始还击:"不吃你的饭!一样是人,都应该管管自己!"由争吵到各自离家。丈夫出面劝解,阿芝婶也不让步,"你的钱,统统给她寄去!我管我的……一年两年后,我租了房子,接你来!十年廿年后,我对着这大门造一所大屋给你们看!"

在中国几千年的封建社会中,婆婆作为封建家长,对媳妇握有生杀大权。尽管有好多女性,自己也是受了好多苦才熬成婆的,但一旦她成为婆婆,就对媳妇百般虐待和挑剔。历史上因为婆婆不能容忍媳妇,导致媳妇或被休或被整死的例子不胜枚举。《孔雀东南飞》的刘兰芝、陆游第一个妻子唐琬,都是因为婆婆不满被休回家,结果兰芝被兄弟逼迫投水而死,唐琬抑郁生病而死。萧红《呼兰河传》中的小团圆媳妇,因为 12 岁的年纪看上去有 14 岁高,不怕羞,吃饭吃三碗这样一些正常的举动,结果被婆婆以做规矩为由,连续毒打一个多月,用烙铁烙脚心,用开水烫,直至被整死为止。可见,作为封建家长的婆婆对媳妇的压制,也是封建势力对妇女的一种迫害。

王鲁彦的家乡宁波是五口通商最早的口岸之一,资本主义文明进来得比较早,这里的人拜金主义思想比较重,但相对内地来说比较开放,女性出去挣钱养活自己的例子也不是没有。王鲁彦《屋顶下》中塑造的阿芝婶是这方面的代表,她不再像《孔雀东南飞》中焦仲卿的妻子兰芝那样无奈地听任婆婆的驱逐,也不像许钦文《疯妇》的双喜妻被婆婆无言地责备夺去生命。而是离家进城去打工,与丈夫携手寻求幸福之路,体现出强烈的反抗意识。这个女性形象在现代文学史上也是不可多得的。

在长篇小说《愤怒的乡村》中,葛生嫂这个形象迄今为止研究者很少,其实这是一个充满反抗精神,没有妥协、不肯屈膝、性格刚烈,对亲人很关心体贴,对反动阶级疾恶如仇的女性。葛生嫂从一开始就具有很强的反抗性,当阿如老板与华生因为轧米事件发生冲突之后,华生被乡长派来的人带走了。葛生很害怕,葛生嫂就大声责备葛生:"你怎么呀……你怎么让华生给保卫队捉去呀!……你这没用的人!"葛生从乡长那里回来之后,夫妻两人的对话也颇能显示出不同的个性:葛生想的是怎样把这件事平安了结,而葛生嫂敢于大声抗议,支持华生,不畏惧阿如老板的权势。"我们能够不到埠头去吗?不到桥西去吗?不在他的店门口走过吗?这次被他欺了,以后样样都得被他欺。那埠头是公的,我们傅家桥人全有份!""有份就要争,不能让他私占!"言谈之间体现出强烈的对不公的反抗。在以后的挖井事件、两次抗税事件,以及最后华生被反动军队抓走的事件中,葛生嫂始终态度鲜明,坚决站在华生一边,对地主恶吏决不服软。当阿如老板去收税,把阿曼叔打死的时候,葛生嫂发疯似的抱了一个孩子,从屋内追了出来,一路大叫着:"天翻了!……天翻了!……救命呀……青天白日打死了人!……有皇法吗?"最后华生、阿波领导农民在祠堂里揭发阿如老板收租时打死人的罪行,傅青山乡长要葛生嫂证明阿如地主没有打死阿曼叔的时候,葛生嫂作为现场目击者勇敢地站出来,大声痛斥乡长的卑鄙行为,勇气可嘉。当年轻的华生和阿波没有识破乡长的阴谋,被乡长暗中勾结的军队抓走的时候,葛生嫂先是抱住华生的脚,呼唤苍天开眼,当华生被带走的时候,"她的火红的眼珠往外凸着,射着可怕的绿色的光。她一面撕着自己的头发和衣襟,一面狂叫着:'老天爷没有眼睛!……祖宗没有眼睛!……烧掉祠堂!……烧掉牌位!……'"其反抗的烈火已经熊熊燃烧。在现代文学史上,像葛生嫂这样自始至终态度鲜明、反抗意识很强的女性形象很少,非常可贵。

总之,以鲁迅为首的乡土作家们,大胆揭露旧社会的妇女问题,通过塑造各种类型的女性形象，探讨女性的悲剧命运及出路。同时也展示了女性内在的反抗意识从完全麻木，到产生微弱的萌动，到越来越强烈这样一条清晰的轨迹。一方面表明妇女要从几千年封建专制统治和奴化下走出来的艰难；另一方面也使广大读者看到了希望。当然这些女性反抗意识的萌生与否也与其性格、心理有关，限于篇幅，不详细展开。

（原载于《宁波大学学报》2012 年第 3 期）

跨世纪乡土小说创作艺术的演变

  回顾 20 世纪中国文学发展的历程,乡土文学一直是文学发展的重心。从 1921 年鲁迅写出乡土小说代表作《阿 Q 正传》,1923 年周作人在《地方与文艺》提出"'忠于地',把'土气息泥滋味'表现在文字上"的理论主张后,乡土小说的源头就被开启了。1935 年鲁迅在《新文学大系小说二集·序》中借用英国 19 世纪末布里特·哈特"乡土文学"的概念来论述中国乡土文学观念,强调"地方色彩"和"民族风格",从而推动了乡土文学的发展。从 20 世纪 20 年代的启蒙乡土文学到 30 年代的左翼乡土文学,40 年代及之后的反映土改、农业合作化运动的农村题材小说,到新时期的新启蒙乡土文学,以及新世纪乡土小说,近 90 年的流变发展,其脚步一直没有停止。

  在乡土小说的发展过程中,各个时段的乡土文学就承载的内容和格调而言各具特色。20 世纪 20 年代乡土文学重在启蒙,接受西方先进文化思想熏陶的作家们,带着俯视的目光,注视着破败、荒凉的家乡,以及愚昧、落后的民众,带着"揭出病苦,以引起疗救者注意"的目的来描写乡村。鲁迅的《祝福》、许钦文的《疯人妻》、王鲁彦的《黄金》、许杰的《惨雾》、彭家煌的《陈四爹的牛》、台静农的《红灯》等作品的格调基本上都是悲剧性的。而这一流派的分支,沈从文的湘西风情、废名的湖北黄梅民俗、萧红的东北黑土地景观,成为抒情乡土小说一脉,别具风韵。20 世纪 30 年代的左翼作家,把乡土作为表现阶级斗争的场所,展示古老乡土上潜滋暗长的自发反抗与尖锐激烈的阶级斗争,蒋光慈的《咆哮了的土地》、茅盾的《农村三部曲》、丁玲的《田家冲》等作品的格调是昂扬的。20 世纪 40 年代,作家们深入农村,接近民众,描写轰轰烈烈的土改斗争。赵树理的《李家庄的变迁》、丁玲的《太阳照在桑干河上》、周立波的《暴风骤雨》等就是反映农村土地改革的成果,而新中国成立后柳青的《创业史》、周立波的《山乡巨变》、浩然的《艳阳天》则是反映农村合作社运动的成果。这些小说紧密配合党的政策,用文学的手段,记载这两场运动中农村翻天覆地的变化,以及农民翻身做主人的过程,作品的格调是高亢的。新时期开始,高晓声的《陈奂生上城》、贾平凹的《浮躁》等吹响了反映农村改革新启蒙乡土小说的号角,作品的格调是明亮的。至20世纪末,由于城市化进程的加快、农民大规模迁移入城或进入小城镇、乡土传统进一步瓦解,乡土小说创作无论是内容还是艺术手法都发生了更大的改变。

首先表现在小说题材的拓展上。20世纪90年代以前,中国乡土小说的题材主要是乡村及民众的日常生活,它的地理范围不超出乡镇。20世纪90年代之后,由于市场经济的进入,以及中国社会的迅速转型,农村分田到户制度的实行,农民在农忙之余,或进城务工,或自办企业,或出外经商,原来纯粹以务农为主的乡村日常生活有了许多新的变化,而乡村工业的发展一方面给了农民工作的机会和财富,同时也给自然美丽的生态环境带来不良影响。在这一巨大的社会变革过程中,农民们在观念上、生活上发生了变化,在此期间也经历了悲欢离合的命运变迁。与此同时,随着全球化步伐的加快,西方各种文化思潮几乎同时出现在中国的思想文化界,他们互相冲突、纠缠和融合,给中国的文坛带来冲击和震撼,作家们的创作思想、理念、手法都面临挑战。他们在创作中,除了对传统题材进行新的开掘以外,又在"农民进城"与"自然生态"两个题材领域进行拓展。前者将叙事场域向城市挺进,后者则向自然山水展开,两者都是中国社会尤其是乡土社会现代转型与乡土小说相互作用的结果,也是乡土小说自身转型中出现的重要现象。每位乡土作家因自己积累的乡土经验、价值观和审美趣味不同,在书写"乡村日常生活""农民进城""乡土生态"等新旧题材时,体现出各自的特色,形成了新乡土叙事文学思潮。

体现在内容上,有放弃理想之火、对人性本质不加情面进行剖析的《丑行或浪漫》(张炜),有用荒诞不经的故事来叙说乡村历史变迁的《受活》(阎连科),有虚构一个独立王国以象征当代中国的《羊的门》(李佩甫),有既表达了家国之恋又表达了乡村自由的《笨花》(铁凝),有反映农民工进城生活的《民工》(孙惠芬)、《泥鳅》(尤凤伟),有借助日常生活对乡村中人性嬗变、历史遗产和权力运作进行崭新思考的《湖光山色》(周大新),有表现家乡在改革开放年代价值观念、人际关系发生深刻变化的《秦腔》(贾平凹),有反映少数民族地区乡村生活及其变化的《白豆》(董立勃)、《空山》(阿来),有反映乡村生态环境的《额尔古纳河右岸》(迟子建),还有反映中国现代化进程和商业社会转型中的矛盾与冲突以及古老乡村文化及传统道德伦理秩序解构的《万物花开》(林白)等。这些小说切入乡村、反映乡村生活的角度越来越多样化,呈现丰富多彩的局面。

体现在艺术手法上,也是由单一走向多样。中国传统乡土小说的主要手法是现实主义,而 20 世纪 90 年代以后的乡土小说,有很多作家开始尝试运用浪漫主义、现代主义的手法创作乡土小说。周大新的《湖光山色》,尽管在情节上写得曲折多变,颇具吸引力,但作者对于乡村的前景充满理想,运用的是浪漫主义手法。李佩甫在《羊的门》中虚构了一个乌托邦式的乡村——呼家堡,在中国改革开放 20 多年之后的农村,在市场经济已经深入农村角角落落的背景下,呼家堡仍然以集体经济的形式生存于中国的乡村,不亚于一个梦想。

但是,这个时期的乡土小说也存在一些问题。比如,对于留守家乡的老人、儿童如何生活等问题,虽有孙惠芬的《歇马山庄的两个女人》,但能够引起轰动的作品不多。新世纪乡土小说如何出现经典的作品,值得作家和评论家思考。20 世纪 90 年代以来的新乡土小说,虽然题材扩大了,手法灵活多样了,但是,鲁迅、周作人、茅盾所提倡的传统乡土小说的特点"地方色彩"和"民族风格"在日渐弱化,如何在传统乡土小说与新乡土小说特色之间寻找到一种发展方向,值得关注。

总之,跨世纪的乡土小说创作,就内容和手法而言都有了很大的扩展和变化,这无疑是一件好事。但是,这种变异也给乡土文学带来一些困惑,未来的乡土小说该如何走,这是作家、评论家应该共同思考和期待的问题。

(原载于《光明日报》2012 年 10 月 14 日第 006 版)

论经济因素对王鲁彦乡土小说叙事的影响

一 小说中出现的经济因素

王鲁彦乡土小说创作集中在 1925 年到 1937 年,共创作了《黄金》等 16 篇短篇小说,《阿长贼骨头》《愤怒的乡村》等 3 部中长篇小说。这些小说涉及众多经济因素,这些因素对于揭示乡土世界人与人之间的复杂关系以及他们的悲剧命运、展示人物内心冲突或外在矛盾起到很大的作用。

(一)经济活动

1. 日常债务

王鲁彦乡土小说涉及的日常债务有赊账、高利贷、吃利息、摇会等。《黄金》中如史伯伯家因为在商店里赊了 80 多元钱的账,这种债务按常规到农历十二月二十三"小年"时要全部还清,可是他的儿子伊明在年底迟迟不寄钱来,导致债主们恐慌逼债,如史伯伯遭遇乡民的猜疑、嘲讽和侮辱。

中篇《乡下》叙述了当时农村两种借高利贷的方法:一是"找一个中人,按月二分利息",待稻谷收获后清偿。二是先"写一张谷票给人家,到明年早晚稻收割以后称租谷,预先把谷价订好了,有的写一元八角,有的一元九角,明年谷价值二元五六,也只得睁着眼让人家贱价称去。等待谷子称完了,自己没有吃的,再去借钱,把高价的谷买进来"。无论哪一种高利贷,都会给农民带来更大的压力,甚至导致破产。《乡下》还写到了摇会——民间为解决临时困难而采取的互助性筹钱方式。阿毛和三品被判刑后,阿利为了养活阿毛的儿子阿林,想方设法筹钱去赎船。他一方面托人去求情,一方面通过"摇会"筹钱,最后弄了一个 30 元的会解决这个问题。除了"摇会",还有"认会、坐会、月月红"①等,采取的都是众人合资、凑零为整、按照抓阄结果决定发放的先后次序的方式。

2. 其他经济活动

《愤怒的乡村》描写的迎神赛会本是社区居民春秋祈报的祷神禳灾活动,实际上每一次都构成有利可图的商业集市。各方农民前来拜神、看戏的同时,把家里的山货、手工艺品、土特产拿到赛会上来卖,又购回需要的物资。据统计,1921—1925 年,浙江镇海的农户,生产的农产品中自用部分仅为 37.2%,出售占 62.8%,这些农户的生活资料中,平均 41.9% 是向市场购买的②。同时,活动本身所耗费的物资也可带来很大的利润。这种与风俗相关的经济活动在《菊英的出嫁》中也写到过。《最后的胜利》描写一场本地商户之间的商业竞争。贵生和阿真都是开米店的,为了把对方打败,在这块地面吃独食,双方都采用多种竞争手段,最后贵生借助云富组长的实力把阿真打败了。《童年的悲哀》写到江浙农村春节以后,拿了压岁钱的小孩经常玩的一种游戏:打钱。他们在地上画一个四方的格子,再在对角画两条斜线,把一个铜钱放在格子里,另一个人用铜钱去打,把对方的铜钱打出格子就赢了。《新年》则直接描写成年人之间的赌钱游戏:推牌九。打钱和推牌九虽是娱乐活动,因与金钱有瓜葛,也可视作经济活动。

(二)经济观念

《屋顶下》描写本德婆婆因为与媳妇的消费观不同而产生矛盾。早年丧夫的本德婆婆为了把一对儿女拉扯大,像男人一样干活赚钱。苦难的经历及风雨飘摇的社会使得她养成勤俭节约的消费观。受雇在轮船上当差役的儿子认为身体也是一种资本,坚持身体第一、金钱第二的消费观,每次回家都嘱咐妻子买一些好东西给母亲补补身体。妻子遵从丈夫的吩咐,买来新鲜的鱼、肉、蛋以及红枣等补品孝敬婆婆,婆婆反而认为是浪费行为,骂她是"败家子",媳妇觉得很委屈。一次次冲突之后,婆媳再也不能生活在同一个屋檐下了。

---

① 陈宝鳞:《鄞县之物产及农村状况》,《浙江省建设月刊》第 7 卷第 12 期,1934 年 6 月。

② 转引自赵德馨:《中国近现代经济史》(1842—1949),河南人民出版社 2003 年版,第 216 页。原文出处:卜凯《中国农家经济》,商务印书馆 1936 年版,第 275 页。

（三）经济象征物

所谓经济象征物是指文学作品中某一种与经济有关的象征事物。王鲁彦小说中的轧米船、黑烟圈、乡镇街市等就属于此。

轧米船（《乡下》）是资本主义国家发明的一种先进的生产工具，它轧米快、费用低，剥夺了阿毛等农民传统的谋生手段。轧米船在王鲁彦的其他小说中也出现过。随着轧米船"轧轧轧轧"的声音而来的黑烟圈（《桥上》），一直弥漫到伊新叔的屋子边，使得伊新叔心惊肉跳。"黑烟圈"这一轧米船机器排放出来的废气象征着以林吉康为代表的拥有先进生产工具的人所表现出的一种强势姿态。

乡镇街市是乡镇经济的集中地，它的兴旺与否标志着该地经济状况的好坏。王鲁彦在《桥上》《许是不至于吧》《银变》《愤怒的乡村》等小说中对这种街市做了具体的描绘。

上述作品中的经济因素左右着人们的命运，操控着人们的行为，甚至影响着人们的心理。王鲁彦抓住这些因素来反映社会现实，给人们认识当时社会生活提供了一个与众不同的切入点。

二 经济因素对于人际关系的影响

（一）殖民背景下的悲情抗争

《桥上》以 30 年代初的经济危机为背景，叙述了拥有资本主义先进生产工具和经营方式的大商户林吉康与本地小商户伊新叔之间，为抢占本地市场进行的一场殊死较量。林吉康在北碚市拥有多家商店，在县城里和别人合开了一家钱庄，还有一只轧米船，可谓财大气粗。而伊新叔只有一家昌祥南货店，双方力量悬殊。林吉康指使手下人开着轧米船来薛家村轧米，并故意采用免费轧米、降价轧米等多种手段，吸引伊新叔的老客户到自己身边来。经过几个月的反复较量，资金雄厚的林吉康把伊新叔的米生意挤垮，把伊新叔的酱油、老酒、南货生意全部挤垮。势单力薄的伊新叔只得逃往外地避债。

这是典型的具有外资背景的中国乡镇资本主义在扩张过程中与本地商户之间倾轧与反倾轧的现代经济事件。伊新叔在本地经商 20 多年，他勤劳、精明、讲诚信，是生意场上的一把好手，在村民中信誉很好。如果不是林吉康采用现代无情的商业手段故意排挤,他完全可以牢牢地占据市场。伊新叔的遭遇折射出本地小商户的困境,以及该地域不断被殖民化的现状,很有历史意义。

《乡下》中的三位主人公阿毛、三品、阿利同样是资本主义扩张过程中的牺牲品。能挑三百斤重担的阿毛,由于火车的通行、轧米船的出现、汽车的开通,从挑夫变为给别人冲谷砻米的工人,再到划船载客的舵手。西方资本主义经济剥夺了阿毛的传统生存手段,这就是乡民的悲剧。所幸阿毛的环境还不十分闭塞,他还可以转业,假若连这机会都没有了呢,又会怎样?

阿利本是开土布店的,因为洋货的价钱比土布便宜,他把土布亏本卖掉,转卖日货。俄罗斯、英国的布来到中国,价钱比日货还便宜,又逼得他把日货再亏本卖掉。最后,不但亏光了本钱,还卖掉六亩田地还债,从此走向衰落。三品在出狱以后,带着阿毛的儿子阿林继续划船载客谋生,一年半之后,强生乡长等合股买来三艘又快又便宜的汽船,抢走了那些驶划船载客者的生意。又因造公路、通洋车,乡政府强制当地住户限时迁坟。为把公路拉直,三品家的房子被拆得七零八落。三品气得一病不起,两个月以后就死掉了。

三位主人公都是在资本主义逐渐扩张过程中被剥夺传统的生存手段,他们的反抗招来更快的死亡。

(二)商业文化导致了人们的心理变异

宁波从唐朝长庆元年(821)开始,就把州治设于三江口。天然的地理优势,尤其是近代成为"五口通商口岸"之一之后,使其与沿海各省、省内各府都可以直接交通,成为浙东物资集散地。由此而衍生出收购、运输、搬运、仓储、买卖、住宿、餐饮等一连串行业,不但吸引了周边地区很多人进城谋生或经商,也带动了宁波及周边地区商业的发展,使该地的市民多以经商为业。在这些商业活动中,金钱的重要性日益彰显出来,对周边地区人们生活观念、生活方式的影响也越来越大。

生意人每天与金钱打交道,对金钱的认识自然深刻。一般民众对金钱的认识也比内地闭塞地区的人更透彻。尤其在 20 年代末 30 年代初社会急剧变化的当口,人们的价值观念由封建社会所重视的血缘亲情、家族伦理转向资本主义社会所张扬的天赋人权、弱肉强食、崇尚金钱,于是拜金主义思想日益流行。许多乡民为了改变自己的生存现状,不顾一切地追求金钱,以至出现金钱至上、嫌贫爱富、自私自保等变异心理。

出生于店员家庭和当过学徒的王鲁彦,对此深有体会。他把这种心理变异作为一种文化批判的重要对象,在多篇小说中加以反映,表达出他的文化立场。

《黄金》是王鲁彦最有影响的作品之一,作者呈献给人们的是"你有钱了,他们都来了,对神似的恭敬你;你穷了,他们转过背去,冷笑你,诽谤你,尽力的欺侮你,没有一点人心"的所谓"陈四桥人的性格"。

这"陈四桥人的性格",在作者的另一部重要作品《阿卓呆子》也有呈现。阿卓拥有 12 万遗产时,人人见到他都点头弯腰,不是称叔就是称哥。可是当他在 6 年之内把钱财挥霍一空,最后卖田让屋、沦落为放羊倌之后,村人对他的态度就发生 180 度大转变,由议论纷纷到拳打脚踢,甚至有一个人把一碗稻草灰倒在他的饭碗里逼他吃下去。

嫌贫爱富心理往前走一步就是妒富心理。《自立》中王太公的哥哥因为嫉妒心理作怪,把围屋造田、扩大家业的弟弟告上法庭,导致弟弟的家产损失殆尽,自己也没有捞到任何好处,所有的钱财都落入县官的口袋。

更有甚者,在《危险的人物》中,林子平的叔父惠明为了侵吞哥哥留下的二十几亩田和存在钱庄里的几千元现款,竟然丧尽天良,把自己的亲侄子林子平诬为共产党并秘密地告到县里,林子平因此被枪杀。作者对这种为了金钱不惜牺牲兄弟情谊和叔侄之情的现象满含悲愤并痛加揭露。

此外,王鲁彦对于乡村小资产阶级的各种心理也是围绕经济线索来下笔的。《黄金》中对于如史伯伯没有收到钱时的担忧、受到嘲讽时的难过、被人侮辱时的愤怒、被迫追债时的无奈、梦到儿子来信时的欣喜等心理变化都作了细腻的描写。《许是不至于吧》中对于王阿虞因拥有大量财产反而变得胆小,仿佛带有一种负罪感似的中国式中小财主的心理也写得惟妙惟肖。

上述小说中,王鲁彦通过形象化的笔触对乡民种种心理变异、乡村小资产阶级的心理进行立体描绘,目的在于揭示历史的和外来的商业文化对该地区民众所带来的负面效应,显示了王鲁彦把握人物内在心理的深度和认识社会的广度。

（三）沉重赋税引起的纠葛矛盾

《乡下》和《愤怒的乡村》是王鲁彦创作巅峰期的作品，也是王鲁彦早年乡土小说的延伸。如果说《乡下》还比较简单，《愤怒的乡村》在组织情节、展开矛盾、塑造人物方面都相当成熟，其艺术成就远远超出他以往的乡土小说。

前人研究这两部小说多从阶级斗争的角度切入，其实决定这两部小说人际关系矛盾的真正推手是经济因素，从经济学的角度研究更符合这两部作品的实际。

首先，这两部小说都是围绕赋税这一农民与地主之间最根本的经济关系来展开的。

所谓赋税，就是捐税和田租。这两部小说都用详尽的文字说明农民所承担的赋税十分沉重，这不但是政府、地主所为，也是军阀暴敛所致："历史悠久的田赋属直接税，国民党将它划给地方财政，此固由于南京鞭长莫及，但委之地方军阀，暴敛自所难免。"[1]"在过去军阀官僚盘踞各省的时候，宁波的农民，所负的赋税，也非常之重。"[2]而且收税的地方官员、收地租的地主都如狼似虎，只要乡民付费或交田租稍微迟一点，就采用敲破船只、强索现金、拿物抵押、抓人关押等手段加以逼迫。

《乡下》中的阿毛仅仅因为上交掏河捐的时候语言生硬一点、动作粗鲁一点，权势者就暗中派人把阿毛的船挖了几个洞，反过来诬告阿毛持斧行凶，把他抓起来送到县政府严刑拷打，并判他三年徒刑，三品也受牵累被判六个月徒刑。最后阿毛因为在狱中受到严重摧残，精神出问题而在追杀仇人的途中坠河而亡，阿利染时疫死亡，三品被强生乡长等不断折磨，也抑郁而死。

《愤怒的乡村》中，华生、阿波、秋琴等先后与阿如老板、傅青山乡长等恶势力进行过四场较量。第三场是围绕捐税展开的。村里要给被瘟疫夺去生命的人做佛事，黑麻子温觉元到各家上门收捐，他乘机调戏女孩秋琴，被华生和阿波听见，他们冲进秋琴家里，把黑麻子痛打一顿，还让他写伏辩，承认自己的罪行。第四场，是围绕田租展开的。阿如老板秋后去阿曼叔家收租谷，双方因为

---

① 许涤新、吴承明主编：《中国资本主义发展史》第三卷，人民出版社 2003 年版，第 63 页。

② 《中行月刊》1933 年第 6 卷，第 1—2 期。

上交租谷的多少发生争执,结果,阿如老板一个耳光就把阿曼叔当场打昏,阿曼叔不久死亡。华生组织全村青年农民,与阿如老板、傅青山乡长在祠堂算总账,结果华生等被傅青山暗中勾结军队抓走,以失败而告终,但也留下了希望。

此外,这两部小说都涉及外来资本侵蚀本地民众生存空间和商业经济等问题。《乡下》的三位主人公,都是在西方资本主义逐步扩张的过程中生存愈加艰难的。《愤怒的乡村》中阿如老板和华生矛盾的起因是轧米船上冒出的黑烟和米糠被风吹到阿如老板家的店堂里,象征性地代表外来资本给本地民众带来的灾难。对傅家桥村中小街的描写,迎神求雨时布置场面、购置器具、安排餐饮时所需费用的计算,也体现出一种商业经济的文学表达。

而《乡下》阿林经营布店时盈亏情况的描写,作者对于农民一年种田收获成本和赢利的计算,都属于商业经济的范畴。

由于这两部小说把外来经济、商业经济、农村经济三者结合在一起,展示该地区民众的日常生活、人物命运,就产生与内陆地区乡土作家作品明显不同的特色。

三　经济因素对小说叙事的影响

美国当代著名的马克思主义文化学者弗·杰姆逊"认为'金钱'和'市场经济'是一种看不见的神秘因素,它以一种令人痛苦的新方式决定着人们的存在,决定着它要采取的叙述形式"[①],王鲁彦的写作正能说明此点。

(一)多重的经济活动叙事空间

成熟的乡土作家各有各的叙事空间和视野,有的是围绕农事来展开乡村的斗争场面,像许杰等所写的械斗争地、抗旱争水(王鲁彦也写过械斗,并不成功);有的在风俗环境下抒发乡民的爱恨感情,如废名、沈从文;王鲁彦是把农事描写大大退居于后,而突出宁波周边地区乡镇的经济生活及连带的乡民心理空间。

《银变》写长丰钱庄老板赵道生乘着政府刚刚公布的法币政策,利用毕家碶这个海边小镇的有利地势,外加与毕家碶的公安派出所林所长是换帖兄弟,

---

① 金宏宇:《经济视角中的文学风景》,《理论与创作》1995年第1期。

林所长又与水上侦缉队的李队长是换帖兄弟这样的条件，与其他两家把十万现银运到日本去换纸币。但是中途船只被独眼龙手下的土匪拦截，赵道生押船的儿子被绑架，船上十万现银全部被吞没，还要赵道生在十天之内拿出三百担米去赎人。赵道生想去拼命，但走私银子是违法的，一旦被官厅知道就会有大麻烦，只得忍气吞声、乖乖就范，显示当年经济生活的乱象。

《中人》故事起于美生嫂从南洋带回的丈夫灵柩和处理丧事之后所剩的五百元钱。乡间传言美生嫂带了巨财返乡，朱家桥的人际关系发生变化，叙事也围绕这笔子虚乌有的财产展开。《自立》写亲兄弟俩为争房子的地脚而起诉讼，表面是法律官司，实是经济官司。而经济官司的背后是王大眼的太公面对日益发家的亲弟弟的一种妒富心理。王鲁彦这类小说的叙事空间往往有多个焦点。美生嫂发大财的"流言"要由乡民普遍的羡富心理作怪方能构成。而羡富和妒富、分富，三者并不隔着万里长城。很快的，想要将房产脱手的丈夫生前好友和想要分一杯羹的乡长都朝着美生嫂而来，叙事的多层空间逐渐形成。

（二）组成连环的叙述结构

这种叙事的多重性因了一种乡间的经济关系，反比阶级斗争关系更复杂。经济地位上有无数的上家和下家，贫富之间你吃我、我吃你，"大鱼吃小鱼，小鱼吃虾米"，所以王鲁彦乡村故事的叙述结构经常是"连环"的。

《许是不至于吧》中的王阿虞是大财主，拥有 20 万财产，住宅宽敞，在小碶头拥有 5 家商店，还有几家大店的股份。如果用简单的二元对立方法去处理，这样的人属于剥削阶级，是乡民的死对头。可是作者却从经济角度加以多层次展示，写出其丰富性。小说开头通过祖母对孙子的一席话表明乡民的羡慕、趋附心理。他们平时对王阿虞尊敬有加，称之为"我们的财主"，有什么纠纷只要王阿虞出面调解都能很快解决，他的三儿子结婚时大部分人都送了礼，有的人还特意加重了礼数。可是当财主王阿虞家遭贼的时候，却没有一个人伸出援手。他们由慕富到遇事自保：慕富出于自己也想当财主的心理，自保则是害怕自己受伤或者希望财主损失大一些，都与经济利益有关。这是叙事环节的一头：乡民面对财主。然后是财主王阿虞心理的叙述。拥有巨资的王阿虞本该志得意满、快活自在，可是财富成了他的负担，很多人向他借钱，这些人平时吃得好好的、穿得好好的，但就是不还钱。王阿虞不敢得罪他们，还得讨好他们,生怕他们让他破财。三儿子结婚的当晚家里遭了贼,村里人不去帮忙也就罢了,第二天还来一番假意安慰,王阿虞也不敢责备他们,觉得他们不来破坏自家已经是万事大吉了。即使后来在报纸记者面前他也不敢说真话。王阿虞的所有行动和心理都与保护自己的财产有关。这是故事叙述环节的另一头:大财主面对小财主、面对普通乡民。相互交错的经济利益把每一个群体都牢牢捆绑住了,互相牵制,互相制约。在小说中,还有一个心理层次,即叙述者的情感倾向,虽然没有用明显的文字来表述,但叙述者对于王阿虞的遭遇显然是批评的同时夹着同情的。

还有套环一样的叙事结构。《银变》里钱庄老板赵道生的十万现银在运去日本的途中被独眼龙手下的土匪拦截,儿子也遭绑架。然后,赵道生就要在与中小欠债人的纠葛中讨还这个损失。赵道生——土匪海贼——大小债主——贪官污吏——乡民。一篇不到几千字的小说,写出如此复杂的经济现象,这种经济上的连环关系形成了王鲁彦式的"螳螂捕蝉,黄雀在后"叙述模式。

(三)运用叙事技巧演绎经济故事

《自立》由妒富导致兄弟失和的家族故事本来是这样的:王大眼太公的亲弟弟很有钱,他买进了九十九亩田,并开始造大屋。太公十分妒忌,他故意问:"阿弟,你把墙脚放得这样出来,请我吃什么东西?"其弟也笑着说:"屎吃尿漱口!"就因为这句玩笑的土话,太公把亲弟弟告到县里,并预先跟县官打好招呼,要让弟弟把所有的田地都卖光了才能结案。结果,弟弟真的输得一无所有,而太公自己却没得到一分钱的好处,钱全部落到了县官口袋里。这样的故事如果平铺直叙,可读性并不强。小说采用"我的父亲"(受害者的后代)给"我和唐珊"讲家世的形式,在一问一答和大家的猜测中,逐渐把王大眼太公的所作所为、卑鄙的内心揭示出来,使小说跌宕起伏、变化多端,使老故事中衍生出新的意义,其叙事技巧确实高人一筹。

王鲁彦以乡土作家闻名,但许多小说因是围绕一个中心经济事件来叙述的,经济事件的主要接受体便自然成了叙事的骨干,这个人物的心理感受就成了全篇的视点。像《黄金》里得不到儿子年终汇款的如史伯伯,一个小康之家的家主在经济飘摇的屋顶下过着惶惶不可终日的日子。如史伯伯的病态灵敏的感受,妻子在邻居家受到冷落觉得那是别人害怕他们开口借钱,女儿在学校里被笑骂他会联想到家境,参加婚宴被安排坐了末席他认为是看不起今天的自己,这第三人称的叙事就此被小说的一个人物的心理贯穿。是家庭经济地位的沉浮起落决定了这篇作品的叙事节奏,王鲁彦小说的经济因素同叙事的密切关联,于此可见一斑了。

（原载于《中国现代文学研究丛刊》2013 年第 6 期）

二

女性作家作品的研读

萧红抒情小说论

在五四汹涌澎湃的文学大潮中,有一条涓涓流淌的抒情小说小河,它如泣如诉,低回哀怨,充满感情和真诚独白。这里有鲁迅先生充满哲理和激情的警世之言;有郭沫若宣泄式的直白呼告;有郁达夫痛苦哀伤、满怀强烈欲求的内心倾诉;有废名超然物外、颇具禅意的幽美哀叹;有沈从文纯真质朴、充满湘西风情的吟诵。在这些雄厚低沉的男中音中,有一个柔丽、明快、满含忧愁寂寞的女中音,那是来自白山黑水的萧红的声音,恰似大型交响乐中的变调,丰富了这一合奏。萧红从事创作不足 10 年,却留下近百万字的文学遗产,与同期其他作家相比,作品不算太多,且一度受文坛冷落。新时期以来,她的作品越来越引起人们的关注,在文学史上的地位也日渐提高。萧红的小说究竟有什么特色? 为什么会形成这些特色? 与其他抒情小说家相比有何不同? 这就是本文所要探讨的内容。

一 散文化结构

中国传统情节小说和西方现实主义小说,都讲究跌宕起伏的情节、联系紧密的因果关系、可读性很强的故事和细致入微的人物性格刻画。这种小说虽然包蕴很广,但作者全知全能上帝式的叙述、一系列紧张曲折惊险的故事情节,使读者产生怀疑,影响了文本的可信度。在西方,早在 19 世纪,一些启蒙主义和浪漫主义作家已意识到这个问题,他们发起浪漫主义运动,改革传统的写法,把抒情因素加入小说中去。在我国,是鲁迅第一个大胆地把抒情因素引入小说中。身处五四运动中的鲁迅,受外国抒情小说和其他浪漫文学的影响,受当时要求个性解放和主情主义思潮感染,通过自己独特的观察理解,看到日常生活是散漫的,不像传统小说所描写的那样紧凑完整,充满误会巧合,故尝试着写了《故乡》《社戏》等变革小说，成为中国抒情小说的鼻祖。之后，郭沫若、郁达夫、废名、沈从文、萧红、师陀、孙犁追随这一变革，各自唱出了独特的声音，形成一个流派，其中尤以萧红的创作最有魅力。

别林斯基说过："文体是才能的本身，掌握了一种文体，便有了独创性，任何伟大作家都有自己的文体。"①萧红踏上文坛时，抒情小说已成为一个不可忽视的小说流派，萧红在吸取前人成就的基础上，从自己特定的生存环境、人生经历、美学修养、艺术追求出发进行创作。此时的萧红才 20 多岁，但已经历了比同龄人多几倍的苦难。因此，她把小说作为抒发内心强烈的生命抗争意识的情感载体，她非常强调情感在小说创作中的作用，她说："一个题材必须要跟作者的情感熟习起来，或者跟作者起着一种思想的情绪。"②她在叙事写人时常常融入浓郁的深情。由于萧红把抒情放在第一位，结构的组织、人物的塑造、情节的安排都是为抒情服务，传统小说中按故事推衍或围绕主人公性格来组织开端、发展、高潮、结尾的模式被打破了。结构不再十分紧凑，叙述常常被中断，插入议论、写景、抒情的文字，最后导致了小说结构的散文化。无论是早期的《看风筝》《夜风》《生死场》，还是后期的《北中国》《手》《牛车上》《后花园》《小城三月》《呼兰河传》等，都不以事件、人物的矛盾冲突来结构小说，而是依照抒情和表现主题的需要，串起一些富有情致的小片段和各种韵味独特的小场景，情感充沛，情调各异，体式特别，介于散文和小说之间，具有一种只可意会、不可言传的韵味。

萧红小说的散文化结构，细加分析可以分为两种类型：首先，是以镜头的推移、空间的传动来结构作品。若将《生死场》和《呼兰河传》细加区别，会发现结构上有所不同，如《生死场》的细部时间比较明晰，《呼兰河传》是一片模糊，但它们总的时间起讫点都不明确，都靠空间来建构作品。不过《生死场》的空间画面跳跃性很大，好像电影镜头，一个一个被推出来，没有规律和秩序，却不杂乱无章。《呼兰河传》通过空间传动来建构作品，全书七章加一个尾声，每章如果加个题目都可独立成篇，成为一篇好散文，但每个章节都笼罩在呼兰城

---

① 阎志宏：《萧红与中国现代小说散文化》，《社会科学辑刊》1991 年第 2 期。

② 萧红：《在现时文艺活动与"七月"座谈会上的讲话》，《七月》（三集）1938 年第 3 期。

这个空间的构架下，小说的结构像个扇面，行文按照先城市，后我家，我家的后花园，我家的住户，发生在住户中间的人和事这样的顺序进行，空间成了统摄全篇的重要因素。风俗、城貌、人和事都紧紧围绕着这个城市展开，看似破碎散漫，细读则感到与小说所传达的情韵十分融洽和谐。整部作品多面展开，每一面都离不开呼兰城，且都景幽情深，韵调和谐，不是散文，胜似散文。

其次，是用情绪流来串接全文。萧红长于抒情，她的小说都有很浓的抒情色彩。萧红一生经历坎坷，饱尝人间悲苦和磨难。她把人生的种种感受体验自然地渗透到文章中，真诚坦率地展露出来，这种悲怨、凄凉、率真的感情深深地吸引、打动了读者。如《后花园》，全篇故事很简单，写的是年近 40 的冯歪嘴子在花草繁荣的后花园的磨坊里，长年与孤灯、老鼠、毛驴为伴的寂寞生活。但串接全文的不是因果链条，也不是时间线索，而是作者的情感情绪。如果按一般小说结构，冯歪嘴子也许会与邻居的女儿产生恋情，甚至终成眷属，但作者极力展示冯歪嘴子的孤独、苦闷，虽然他曾被姑娘的笑声漾起青春萌动的涟漪，但随着姑娘的出嫁，很快水平如镜。与王寡妇结合，他暂时摆脱了寂寞，可两年后，妻死子亡，一切又复归于沉寂。文中有故事因素，但没有发展成故事，而是用作者对冯歪嘴子的同情，对人的生命价值的哲理思考来串起冯歪嘴子的人生片段，作品中大段的后花园草木茂盛、昆虫活跃的描写，也是为这情绪流服务的。整篇作品写景与叙事交融并进，糅情于景，情贯于人和事，抒情、叙事、描写、议论四者水乳交融，而情为主帅，统帅全文。

二　抒情笔致和诗情画意

萧红是一位富有诗人气质的小说家。她把浓厚的诗人气质以及她对生命的感悟和体验、内心的寂寞与惆怅、孤独与忧伤、对家乡的思念与热爱，一并融合到作品中去，转化为作品的情感基调和柔丽的诗魂，又有意识地把一些抒情诗手法运用到小说创作中去，"不以诗名，别具诗心"[①]，使她的小说既具强烈的抒情色彩，又有动人的诗意美，恰似一首首抒情诗。《小城三月》就是一首情感浓郁、景色引人的"抒情诗"。作者通过创设诗景，来衬托人物的命运，给人以

---

① 　薰风：《不以诗名，别具诗心——谈谈作为诗人的萧红》，《学习与探索》1981 年第 5 期。

浓烈的情绪感染。作品开篇就以浓艳亮丽的彩笔描绘出一幅生机勃勃的"春意图"。"三月的原野已经绿了,像地衣那样绿,透出在这里、那里。郊原上的草,是必须转折了好几个弯儿才能钻出地面的,草儿头上还顶着那胀破了种粒的壳,发出一寸多高的芽子,欣幸的钻出了土皮。""蒲公英发芽了,羊咩咩的叫,乌鸦绕着杨树林子飞。天气一天暖似一天,日子一寸一寸的都有意思。杨花满天照地的飞,像棉花似的。"那欣欣然钻出地面的小草,刚刚抽出嫩芽的蒲公英,咩咩叫着的小羊,满天飞舞的杨花,构成美丽诱人的景色图。当我们驻足流连于这一派春景中时,翠姨沐着春光带着春风走来了,她是那么年轻、害羞,别有一番女儿情态,她看似幸福,实则凄苦满怀,她做过春之梦,想去读书,想与"我"那读大学的堂哥终成眷属,也追赶过春的信息,经常向"我"打听外面的世界及学校的事情,本可以在稍为开明的我家多受些现代文明的熏陶,但不幸的婚姻如夏天的冰雹摧折正在成长的庄稼一样摧折了翠姨年轻的生命,梦想也烟飞云散了。一个哀怨动人的故事,被美丽的诗句、感人的诗情所演绎,不能不说是萧红的独创。

同时,萧红笔下流淌诗的韵味,造成回环复沓和韵律和谐的艺术效果,加深诗意渲染。如《桥》,文中桥的形象,主人呼唤黄良子的声音,主人家墙头狗尾巴草的形象反复出现,使全文流荡着诗的韵味,特别是主人呼唤黄良子的声音:"黄良子,黄良子……孩子哭啦!""黄良子,孩子要吃奶啦! 黄良子……黄良……子。"反复出现的魔音如空穴来风,搞得黄良子产生幻觉,有时是风雨作响,有时是小贩叫卖黄瓜、茄子,她都误以为是有人叫她。《呼兰河传》中有些章节也运用同一手法,第一章"严寒把大地冻裂了……","人的手被冻裂了……","水缸被冻裂了,井被冻住了……"。第四章里"我家是荒凉的","我家的院子是很荒凉的",在每一节的开头,反复出现这样的语句,使整章文字有一种韵律美。萧红还在部分文字中很自然地押了韵,如第二章写跳大神有"满天星光,满屋月亮,人生何如,为什么这么悲凉?""过了十天半月的,又是跳神的鼓,当当地响,于是人们又都着了慌,爬墙的爬墙,登门的登门,看看这一家的大神,显的什么本领,穿的是什么衣裳。听听她唱的是什么腔调,看看她的衣裳漂亮不漂亮"。"若赶上一个下雨的夜,就特别凄凉;寡妇可以落泪、鳏夫就要起来彷徨",像这样有规律的用韵,几乎与自由诗无异。萧红的确是一个美丽的诗魂,她有一颗崇高而纯洁的诗人的心。锡金在评论《呼兰河传》时说:"萧红写的这部小说,开始似乎是郑重其事地把它当作一篇诗来写的,它的第一章可以看作序曲一,第二章可以看作序曲二。"①《呼兰河传》可以称为是一部诗的小说。

萧红还善于创设意境氛围来抒情写意,营造诗意。所谓意境是在诗词或小说中情与景妙合无痕而形成的一种审美境界,也即思想感情与自然景物、人生境遇的高度融合。它是我国抒情文学的传统特征。萧红善于借景抒情,她笔下的景物描写皆围绕一个"情"字,因情设境,景中寓情,创造出一种情景交融、物我无间而又含着理趣的意境。如《呼兰河传》的火烧云,本为十分平常的晚霞,可一经萧红的彩笔渲染和描绘,文美情深景丽,成为广为传颂的美文。萧红笔下的火烧云不但色彩繁富,红、黄、紫、灰、蓝各色齐全,而且变化繁多,一会儿是蹲着等人骑的大马,一会儿是率着几条狗仔向前猛跑的大狗,一会儿是高踞雄蹲的狮子。整幅画溢光流彩,令人目眩色迷。萧红在描写迷人的火烧云时,倾注了自己对家乡、对童年生活的向往和追思,文中虽然没有一句情感直白,但透过文字,流露出浓得化不开的乡国之情。情与景完美结合,造成含蕴无穷的意境美和醉人的诗意美。

所谓氛围,在小说中指的是背景、气氛、环境等,它是笼罩在整个小说中的一种情调。"抒情小说中的氛围是一种渗透着抒情韵味的气氛,一种带着情感色彩的环境。"②如《生死场》第十三节,作者通过极力渲染气氛,加强了作品的感染力。日寇的入侵,给村民们带来了灭顶之灾,他们的家园被毁,亲人或被杀或被奸。麻木的他们终于觉醒了,自动聚集起来,对着盒子枪发毒誓。那一刻,天光参与宣誓,树叶被悲酸压得垂了头,大红蜡烛默默燃烧。作者用浓重的笔致、热烈的色彩,渲染了一种凝重悲壮的气氛。

用抒情的笔致来展示诗意,用诗的韵味来抒情,是作家常用的手法,这一点废名与萧红是相同的。所不同的是,废名常把唐人绝句的意境、手法运用到小说创作中,变化古典诗歌以写新小说。诗意高度浓缩,形成很多空白,导致

---

① 锡金:《萧红和她的〈呼兰河传〉》,《长春》1979年第5期。
② 解志熙:《新的审美感知和艺术表现形式——论中国现代散文抒情小说的艺术特征》,《文学评论》1989年第6期。

一般文学水平的人解读困难,用李健吾的话是:"我不妨提醒读者,注意他的句与句之间的空白。唯其用心思索每一句句子的完全,而每一完美的句子便各自成为一个世界。所以,他有句与句之间最长的空白,他的空白最长,也最耐人寻味。"①他还常常在句中适当适时地插入一些古典诗句。而萧红是化白话诗入小说中,她的小说诗意不是那么高度浓缩,空白处不多,毫无阅读障碍。萧红通过押韵来体现诗的韵律,而废名追求语言的跳跃、间歇,表现出诗的节奏和韵律,形成深远的意境和空灵飘逸的诗韵。如果说废名的小说是古色古香的,那么萧红的小说则是现代的。其次,在展示诗情诗意时废名常把笔下的景色写成世外桃源式的田园风光,作家主观情感投入不多,强调哲理性的思索,传达的是一种诗思。而萧红笔下的景色浸透着自己的情感,具有一种忧伤情怀,因而更具感染力,她要传达的是一种诗美。可见,两者描写的景色不同,废名笔下是充满诗情画意的田园风光,萧红笔下是充满凄凉情调的北国风景。

萧红小说富有诗情,更具画意。作者善于用绘画技法和色彩点染来叙事、写景、状物。萧红从小就富有艺术气质,上中学时,学过国画。她虽未成为画家,却把绘画才能充分发挥在文学创作中。她用画家异常敏锐的眼光去观照、摄取人生图像和自然风光,通过极富生气的自然景致的描绘,把北中国的风、霜、冰、雪及犬吠、鸡鸣、草长、花开描绘得绚烂多彩。她的《呼兰河传》就像是一幅多彩的风土画,作品描写的是 20 年代呼兰城里人们的生活习俗、地理概貌、人文景观。这里的生活几十年如一日,人们的思想保守、陈旧,但在这停滞阴暗的生活中却有许多精神上的盛举和风味独特的生活画面。如惹得寡妇落泪、鳏夫起来彷徨地跳大神;开始热闹后来冷清的七月十五放河灯;热闹非凡,犹如过节,落幕后只剩几堆孤火的野台子戏;冻裂的大地、水缸;变幻多端、色彩绚丽的火烧云;雨来了先冒烟的大榆树;蝶旋蜂飞、草长花开的后花园;小巷里悠长的豆腐、凉粉叫卖声;一家五口争一根麻花的闹剧;整天笑眯眯、不善理财的祖父;比任何人都坚韧的冯歪嘴子;乐呵呵,不知羞涩为何物,被婆婆种种规矩致死的小团圆媳妇;敢于与冯歪嘴子自由恋爱,在贫穷和轻蔑中默默死去的王大姑娘。这些生活画面的基调是灰暗、凄切的,旋律是低沉的,但从中时

---

① 李健吾:《李健吾创作评论选集》,人民文学出版社 1984 年版,第 480 页。

有亮色闪现,有美丽的诗情画意展露。整部小说贯注着作者浓郁的思乡恋国之情,语言新颖别致,色彩丰富多变,恰似一幅变幻奇特的北国风土画。

萧红还用油画的笔触来布置作品,层层涂抹着色。如《生死场》中,王婆送老马进屠场一节:

> 大树林子里有黄叶回旋着,那是些呼叫着的黄叶。望向林子的那端,全林的树棵,仿佛是关落下来的大伞。凄沉的阳光,晒着所有的秃树。田间望遍了远近的人家。深秋的田地好象没有感觉的光了毛的皮革远近平铺着。夏季埋在植物里的家屋,现在明显的好像突出地面一般,好像新从地面突出。
>
> 深秋带来的黄叶,赶走了夏季的蝴蝶。一张叶子落到王婆的头上,叶子是安静的伏贴在那里。王婆驱着她的老马,头上顶着飘落的黄叶;老马,老人,配着一张老的叶子,他们走在进城的大道。

凄沉的阳光,回旋的黄叶,光秃的树枝和荒凉的田野构成了灰暗深沉的底色,而在这上面活动的是一匹脱光了毛的老马和蹒跚的满心痛楚的老人——王婆,为了生计,不得不卖掉为她辛苦了一生的老马,令人出奇的一笔是王婆头顶着一张脱落的黄叶。老人、老马、老叶三者出现在秋色的背景下,多么协调和谐,给人一种独特的版画的力度,同时也很好地体现了这一章的主题。

萧红还非常讲究色彩在写景、状物、记人中的运用,在画面上,她重色彩而轻线条,像水彩画一般设色渲染。如《家族以外的人》中,父亲毒打有二伯一段,非常注意色彩的搭配。有二伯被我的父亲打倒在地,他的没边草帽被打掉了,可以看得见有二伯的头发一半是白的,一半是黑的,他枕着自己的血,脚趾上扎着的那块麻绳脱落在旁边,烟荷包的小圆葫芦只留了一些片沫在他的左近,殷红的血液,花色的鸭子构成一幅斑斓的图画。而且动静结合,静卧在地上的老人,啄食鲜血的鸭子,意象十分鲜明,读后令人难忘。萧红用绘画布局来结构小说,并用不同的色彩摹物、叙事、写人,这是萧红小说的独特之处。

三 "我"——"抒情诗魂"

在萧红的许多作品中都有一个"抒情诗魂"——自我抒情形象。第一人称叙述首先能增加可信度,因为叙述者只是其中的一双眼睛或一个人物,不再君临一切。作品中发生的人和事通过叙述者叙述出来,她不知道的,让读者自己去猜,去想象,这样无形中增强了作品的可信度。此外,因为是"我"的叙述,使人觉得是"我"的亲身经历,既增加了亲切感,又拉近了叙述者和读者之间的距离,如同朋友之间的娓娓而谈,不用设防,真诚坦率,消除了读者对叙述者的信任危机,减弱因第三人称过于明显的假定性而设下的心理障碍。同时第一人称叙述又给作者较大的自由,便于灵活地抒情达意、摹物叙事。"这样做可以将有些事情较为轻松而随便地引入小说",且易于达到抒情叙述的"准确、鲜明、自然"①。所以"用第一人称叙述的事,不仅能满足读者理所当然的好奇心,而且也可以解除作者势所难免的顾虑,除此而外,故事至少显得像是亲身的经历,真实可靠,对读者有说服力,同时也可以消除他的顾虑"②。

尽管萧红也写过一些第三人称的作品,如《王阿嫂之死》《桥》《王四的故事》,但她后期的主要小说如《小城三月》《家族以外的人》《北中国》《呼兰河传》均是以第一人称叙述的。"我"总是一个小女孩,天真、好奇,常常带着迷惑不解的眼睛看世界。如《牛车上》,整篇是回忆我幼年时坐牛车进城,听五云嫂讲述她丈夫姜五云因当逃兵被就地正法的事情。这里"我"一直处于半睡半醒状态,断断续续地听到了五云嫂如何上城卖猪鬃,偶然听到消息,又如何背着儿子上城找丈夫不着,悲痛至极几欲自杀,终被儿子的哭声唤回母爱,苟活至今,当逃兵头目的丈夫被就地正法了,五云嫂与他连面都没见上。作品用第一人称套第一人称的手法,在五云嫂悲惨、舒缓的叙述中,不时穿插我不解世事的天真发问。五云嫂的叙述已十分凄楚动人,一个下层妇女孤苦无靠的悲剧命运跃然纸上,而我的发问更加深了作品的悲苦味。这里情趣盎然的童心世界,生机勃勃野花遍地的三月原野,与五云嫂缓缓叙说的凄苦境况交织在一起,形成一种悲喜交集说不尽道不完的审美韵味。作品如白云出岫,淡而有味,行文如行云流水,行止有节,而这一切与作者运用第一人称抒情视角有很大关系。

---

① 解志熙:《新的审美感知和艺术表现形式——论中国现代散文抒情小说的艺术特征》,《文学评论》1989 年第 6 期。

② 解志熙:《新的审美感知和艺术表现形式——论中国现代散文抒情小说的艺术特征》,《文学评论》1989 年第 6 期。

作者让"我"处于睡意蒙眬中,又断断续续听到五云嫂的叙述,而一个小孩是不会完全领悟这一悲剧的内在意蕴的,作者只是真实地道出她之所听所想,而读者是一清二楚的。于是我越是好奇,读者越是了然于心,并悲哀不已,"我"越显平静,读者越是激动。用一个稚气可爱的儿童眼睛去看污浊、残忍、贪婪的人生,其效果比一个成年人去看世界更好、更逼真,因为儿童的眼光比较纯真,较少杂质和偏见,更易接近事实。

最突出的是抒情主人公展露的"抒情诗魂",第一人称叙述不但能增加作品的真实性和亲切感,而且使作者把内心情感更畅达地表现出来。"我"在作品中所体现的是作家主体的心灵独白,这个"我",其实是"本我",即作家自己,通过创设一个场景,或隐或显地传达出自己的内心情感。萧红善于将浓郁的深情,通过"我"流贯于字里行间,浸透在每一个字眼里,形成情深、味浓、景美、境凄的独特抒情韵味。如萧红描写了许多农村妇女形象,她们既不同于冰心笔下知书达礼、温柔端庄、儒雅大方的知识女性,也不同于丁玲笔下富有个性、敢于向男性挑战的人生探索者。萧红笔下的女性,是生活在社会最底层的寡妇、农妇、乳娘、童养媳,她们的命运掌握在别人手里,她们不但受封建礼教和思想的束缚、毒害,生活极端贫困,生命没有保障,而且男人是她们直接的伤害者,用金枝的话是"我恨男人,除外我什么也不恨"。为什么? 稍微了解萧红身世的人不难知道,这其实是发自萧红内心深处的呐喊,因为萧红一生倍受男性的伤害。

郁达夫所有的小说中,也都有一个鲜明的自我形象。郁达夫认为"艺术就是赤裸裸地把自己的心境写出来"。他又认为"美与情感是艺术的两大要素,而情感是灵魂"[①],所以他多采用第一人称,借此淋漓尽致地宣泄对社会现实的不满,反映个人的悲伤以至厌世的灰色情调。但是郁达夫作品中的情绪往往是夸大的,把自己的悲观厌世情调用浪漫主义的形式展示出来。而萧红笔下的"我"不仅仅是一双眼睛,一个观察的角度,或故事的见证人,也有自我的东西,是自我情感的真切流露和自我悲凉情绪的倾诉。

总之,萧红虽创作时间不长,但她致力于建构一种介于散文与小说之间的

---

① 郁达夫:《艺术与国家》,《郁达夫文集》(第五卷),花城出版社 1984 年版,第 562 页。

边缘文体,在叙事、写景、状物中融入浓浓的深情,以情统文,以情领文,打破传统情节小说的结构,融散文笔法、抒情诗手法、绘画技法于一体,运用特定的抒情视角,营造优美的意境氛围,用别致新颖的语言,创造出令人惊奇的萧红体抒情小说。正如有人所说:"拥有独特世界尤其是拥有独特的情感世界的作家也将拥有历史,譬如萧红。"①时间已证明了这一点。

(原载于《浙江师大学报》2001 年第 1 期)

---

① 缪军荣:《萧红心态小说》,《华东师范大学学报》1989 年第 6 期。

论苏青作品的地域文化意蕴

地域文化是一种自然形成的具有地方特色的文化,它对文学发生影响的因素有二:一是地域的自然景观(山川风物、四时美景)经过作者而传达出的一种审美情致;二是地域的人文景观(民风民俗、方言土语、传统掌故)沉淀于作品中的文化意蕴。一个作家生活在特定地域,自觉不自觉地会把对该地域文化的体验、感受和领悟潜存心中,当他创作作品时,他的主体意识就自然落脚于特定地域文化的根基上,把特定地域的文化结构、自然景观、风土人情、信仰习惯、价值观念等灌注其中并恰切地展示出来。苏青一生基本上是在江浙一带度过的,因此,宁波、上海两地的地域文化对她的性格气质、审美爱好、思维方式、文体风格都有深刻影响。她的作品无论是叙事写人、描景摹物,都逼真自然地表现出沪、甬两地的风土人情、民俗习惯和语言风采,体现出强烈的地域特色。同时,作家所生活的特定历史背景,也赋予其作品特殊的时代内涵。不仅为研究中国地域文化的整体特征提供了生动的资料,也便于读者了解沦陷期上海文化背景对当时市民文学产生的影响,了解旧风俗对人们思想和行为的束缚。本文试从苏青作品的内容、风俗礼仪、方言土语三个方面探讨苏青作品中体现的地域文化意蕴。

一 内容上体现的地域文化意蕴

苏青作品的地域文化意蕴首先表现在作品内容的选择上。

苏青共创作三部长篇小说《结婚十年》《续结婚十年》《歧途佳人》,基本上是以自己的人生经历为范本,通过适当的艺术加工而写成的自叙传小说。里面既有上海的市民生活,又有宁波的风俗礼仪。而她的散文集《浣锦集》《涛》《小天地》,更是直接取材于日常生活,有反映市民俗世生活的,也有探讨女性自身解放的,还有谈江南人衣食住行的。作者通过自己的婚姻生活、生儿育女及都市生活中的饮食男女,来表现城市生活和家乡风土人情。既有强烈的上海市民文化色彩,也有浓厚的宁波地方民俗色彩。

苏青的作品,尤其是散文,有很大部分内容表现上海沦陷期市民的日常生活。有传授如何教育后代的《教子》,有慨叹做户长难处的《户长的苦处》,有探讨离婚现象及婚姻本质的《论离婚》,有讽刺对封建迷信盲目膜拜的《科学育儿经验谈》,有议及赌德的《牌桌旁的感想》,有反思女性虚荣的《买大饼油条有感》,有反映俗世生活的《断肉记》,也有探讨女性自身解放的《谈女人》《写字间里的女性》《女性的将来》,还有谈江南人衣食住行的《谈宁波人的吃》《夏天的吃》《吃》《蛋炒饭》。这些作品每一篇都连接着真实的人生,使读者感受到生活的真实可触,"我们读她的文章,就好比是在听她发言,几乎是可以同她对上嘴吵架的"。也可以感受到作者的存在,"她是上海三十年代和四十年代的马路上走着的一个人,去剪衣料,买皮鞋,看牙齿,跑美容院,忙忙碌碌,热热闹闹"。(王安忆《寻找苏青》)这些作品,还体现了市民阶层的生活态度、人生追求、文化心理。"上海的工薪阶层,辛劳一日,那晚饭桌上,就最能见这生机,莴笋切成小滚刀块,那叶子是不能扔的,洗净切细,盐揉过再滗去苦汁,调点麻油,又是一道凉菜;那霉干菜里的肋条肉是走过油的。炼下的油正好煎一块老豆腐,两面黄的,再滴上几滴辣椒油。青鱼的头和尾炖成一锅粉皮汤,中间的肚当则留作明日晚上的主菜。苏青就是跟你讨论这些的。"(王安忆《寻找苏青》)王安忆的文章很好地说明了苏青散文的主要特点:有些俗,不那么精致,虽然写的是下层市民的酸甜苦辣,内中却透着富有生命韧性的生活形式和生活趣味,传达了市民的物质理想、情感理想和人格理想,流露出浓厚的市民生存心理和文化意蕴。

当然,苏青作品不仅仅是为写市民而写市民,而是或多或少揭示了当时社会的一些阴暗面及十里洋场的丑恶现象。她的"俗"没有"俗"到底,"俗"中有俊逸之气,"俗"中有批判之意,她从女性生存方式和女性生命角度出发,去探讨都市生活中琐碎平凡的家庭生活和离合悲欢的婚恋故事(《谈女人》《论离婚》);她揭示上海市民的势利、小气及铜臭味等劣根性,如因战乱而卖掉乡下田产,举家来到上海,备受势利小人冷落的公公;用不正当的手段谋取钱财的社会渣滓史亚伦(《歧途佳人》);因得势而气焰高涨、奉承者如云的汉奸戚先生(《续结婚十年》);把追逐金钱作为人生目标的徐崇贤,乃至变成了势利眼的佣人(《结婚十年》)。作者用朴实的语言把小市民人性恶的一面刻画得淋漓尽致,在平淡的叙述之下,包含着作者对这些现象和心理的批判和嘲讽,有一定的认识意义和审美价值。

苏青小说和散文之所以展示这样的内容,与当时特定的历史环境及苏青个人的生活状况有关。沦陷期上海白色恐怖的严酷,婚姻变故所造成的沉重的生活压力,使得苏青只能以文谋生,为了在夹缝中求生存,她只能以市民生活为主要内容。她说:"我很羡慕一般能够为民族、国家、革命、文化或艺术而写作的人,近年来我常常是为着生活而写作的。"而她却"不是为了自己写文章有趣,而是为了生活,在替人家写有趣的文章"①。所以她的作品不论是在选材还是在语调上都迎合当时的市民口味,反映市民的日常生活。尤其是散文,紧贴市民的生活经验。

苏青作品选择这样的内容,也与她的道德观、婚姻观、生活观有很大关系。在道德观上,苏青注重实用主义的人生哲学和利己而不损人的做法,这种观点很容易引起市民读者的共鸣。在婚姻上苏青非常注重物质层面的东西,认为婚姻只是靠"情欲"是不能维持的,还必须有经济基础。她的生活观是务实、进取,所以婚变后,她能凭着自己的坚强乐观成为一个真正能够自立的娜拉。如此世俗的婚姻观、道德观、生活观,影响了苏青的文学追求和创作个性。她曾说:"我常写这类男男女女的事情,是的,因为我熟悉的只有这一部分。"②苏青就是这么一个平凡的女人,表面上快人快语,甚至一脸看透一切的讽刺的笑容,但内心还是脆弱的、世俗的。当然她身上也体现了上海女性精明、世俗相交杂的气质。

苏青选择这些内容,还与她婚后长期定居上海,深受上海市民文化、市民心理影响有关。上海是个由海边小渔村发展来的移民城市,地理的优势,使它在 20 世纪初开始发展,到 30 年代,发展更为迅猛,以十里洋场闻名于世。它

---

① 苏青:《自己的文章——代序》,《苏青文集》,安徽文艺出版社 1996 年版,第 2 页。
② 苏青:《自己的文章——代序》,《苏青文集》,安徽文艺出版社 1996 年版,第 2 页。

的人口主要是由江浙皖等周边地区移居过来的,这些省份都是吴越文化所在地,吴越地区的人重实利,轻人情,精于计算,会生活。当他们来到上海这个商业气氛很浓,出门、喝水、吃饭什么都要金钱的城市里,变得越来越精明和自私冷漠,在这里"做人的欲望都是裸露的,早已揭去情感的遮掩"(王安忆《寻找苏青》)。这些人情、心理与上海浓厚的商业气氛及长期形成的生活习俗不无关系。苏青作品形象地表现上海人的生活、心理,从而使小说具有很浓厚的市民文化内涵,鲜明地体现了上海地域文化特色。

二 手法上对民俗礼仪的倚重

借民俗礼仪来表现人物性格,推动情节发展,表达作者观点。

"优秀的小说作者最富有魅力的艺术因素之一,是基于历史事件写成的风俗画。"①苏青的作品在沉寂了 50 年后还能再次引起人们的注意,我以为与她作品中描绘的一幅幅异彩纷呈的民情风俗画有很大关系,因为民俗风情更能反映现实生活的色彩和情调。"不同民俗的民族产生不同的文化形态,从而形成了文化的地域性或民族性特点。"②苏青作品的地域文化意蕴是通过民俗礼仪来表现的。

茅盾说过:"不是在某种环境之下的必不能写出那种环境;在那种环境之下的,必不能跳出那种环境,去描写出别种来。"(《文学与人生》)从小在宁波长大的苏青,深受宁波一带形成的集体潜意识的影响和传统风俗礼仪的熏陶,她直爽泼辣的性格、质朴自然的语言、作品内容的选择、民俗礼仪的大量展示无不与此有关。

(一)婚俗

苏青在《歧途佳人》和《结婚十年》中详细地描述了宁波的婚俗,同时也有对人物的命运与性格的刻画。前者写了举行婚礼前的仪式:请媒人、开礼单、订婚、男方给女方送聘礼等。后者则详细描述了这个"新旧合璧的婚礼"举行的全过程:公开刊登广告公告结婚;婚礼在当时的公共场所青年会堂举行;邀

---

① 列夫·托尔斯泰:《列夫·托尔斯泰日记选》,《古典文艺理论译丛》(第一册),人民文学出版社 1962 年版,第 198 页。

② 钟敬文主编:《民俗学概论》,上海文艺出版社 1998 年版,第 66 页。

请证婚人、介绍人出席并在结婚证书上当场盖章；婚礼完毕即给新郎新娘结婚证书等内容，符合五四以来的文明新潮思想和新式婚姻仪式。而出嫁的前夕，母亲要伴女儿睡一夜，并细细地教她做媳妇的道理；新娘出门前不得下地，上轿得由弟弟抱着上轿，出轿得由一个小姑娘拉裙子暗示；在青年会礼堂，新郎得等新娘来了以后才迟迟出来；喝"合卺酒"、闹洞房，及新娘出门坐花轿的形式等，则是旧婚俗的遗留。

作者在描述这场新旧合璧的婚礼时，不仅仅是为了展示特定的地域风土人情和渲染古朴民风，而是透过其表面上的所谓"新形式"，挖掘出内在根深蒂固的封建思想，如坐轿要分等级，处女坐花轿、寡妇坐彩轿；姑娘如出嫁前行为不贞轿神要降灾；老太太对新娘的审验等，这些内容已经与时代发展的潮流格格不入。这场婚礼表面上看新旧合璧，实际上两者的糅合"不伦不类"。女主人公怀青自从迈入婚姻的殿堂起，就晦气连连，不是被崇贤的情人瑞仙嘲笑，就是被歪头颈、黄头发的小姑取笑，甚至被崇贤冷落。所以对于一般新娘认为是高兴事的喜筵、闹房、捧茶、下厨等活动，对怀青而言，却是一种折磨。她表情呆滞，只是被动地成为婚礼上的点缀，备受心理、生理上的煎熬，直至生病卧床半月，病后决心离家。苏青用朴实的语言，记述了这场婚礼，在再现宁波传统文化的同时，体现了作者对女性自身的人文主义关怀和对封建传统的批判。

（二）催生礼、满月礼

女儿将近临盆时，母亲要送"催生"礼，除了鸡蛋、红糖、面条外，还"有褓褓，有小袜，有僧领黄布小袄，有葱白缎绣花嵌绒线的小书生衣。书生帽也是缎制的，有两条长的绣花飘带"[①]。这蕴含了长辈希望孩子能顺利降临且能长命百岁的愿望。孩子生下来后，产妇要在婆家坐月子，直到孩子满月时娘家人才能登门，并要送"满月"礼，这是吴越地区普遍的习俗。作者写这两个习俗其实也含有深意，那就是揭露批判重男轻女思想，如出生的是男孩子，皆大欢喜。如出生的是女孩子，孩子、产妇都备受冷落和歧视。怀青怀孕时，全家人尤其是婆婆对她很好，在临盆时，婆婆还忙进忙出，可一旦得知生的是女孩时，婆婆再也没走进房间一步。为了维护女儿在夫家的地位，母亲的"满月"礼就更要

---

① 苏青：《结婚十年》，《苏青小说集》，安徽文艺出版社 1996 年版，第 176 页。

送得像样了:有由长寿面、面筋、桂圆和洋糖合在一起的"长命富贵";有衣服:"僧领小袄一百二十件,……此外又是各式跳舞衣一百二十件。……除了这两批以外,尚有大小衣啦,共有三百六十件之数。衣裳之外便是鞋袜……"①这些服饰不仅仅是遮身蔽体的装备,更是一个母亲对女儿的一片爱护之心。但是母亲的一片苦心不但没保护女儿,连自己也在喝满月酒的那天遭到亲家的冷落和小姑的冷嘲热讽。

(三)归宁省亲

归宁这一习俗其他地方也有,但宁波的比较独特,女儿出嫁后的三年中,一般总是在夏天被接回娘家过夏,也许是夏天气候炎热,女儿在婆家水土不服容易生病吧。怀青第一次归宁恰好是端午节前后,所以婆家裹了八斗米的粽子,满满装了一担,还准备了八色节礼:包括两封包头;百十只咸光饼;各式糕点;各式水果。这些东西挑到娘家后,要分给左邻右舍。大人小孩的穿着都非常讲究,尤其是小孩,从头新到脚,还挂了金锁片、银项圈、金制响铃镯,还特意给她串上一本辟邪的黄历。怀青回到娘家后,母亲的接待也很讲究:先是三道上好龙井茶,然后吃桂圆汤,最后是燕窝粥,甚至隔壁邻居也捧了一些点心过来。本来是很正常的回娘家,搞得这么隆重、烦琐,既说明出嫁后回娘家的不容易,也显示双方父母为了不丢面子,不惜大肆铺张。透过文字,还可以感受到作者对寡母独立支撑这个场面的深深同情和对这种烦琐礼节的不满。

茅盾早就说过:"我以为单有特殊的风土人情的描写,只不过想看一幅异域的图画,虽然引起我们的惊异,然而给我们的,只是好奇心的餍足。因此,在特殊的风土人情而外,应该还有普遍性的与我们共同的对于命运的挣扎。"②苏青的做法无形中体现了这一点,她或是借民俗揭示当地封建势力的强大、主人公命运的坎坷;或是借民俗表达自己对繁文缛节的批判和对母亲的同情;或把某一个风俗作为展开矛盾、推进情节的关节点。而且各种地域性很强的民俗礼仪在作品中像一幅幅生动逼真的风情画,使作品读来饶有情趣,也使读者得到了知识层面的拓展。

---

① 苏青:《结婚十年》,《苏青小说集》,安徽文艺出版社 1996 年版,第 190 页。
② 茅盾:《关于乡土文学》,转引自王东光主编《中国现当代乡土文学研究》(上卷),东方出版中心 2011 年版,第 20 页。

三 用方言土语强化地域性

苏青作品的地域文化意蕴还体现在方言土语的使用上。

正如民族语言与民族文化的关系一样,方言与地域文化之间也有着千丝万缕的联系,它既是地域文化的重要载体,又是地域文化整体的一部分,它积淀着地域的历史文化内涵,反映着某一地域独特的风俗和民情。苏青作品的主体是普通话,但她常常有意无意从方言的宝库中提炼、采撷鲜活的、富有表现力的语汇进入文学作品,如宁波方言、上海土语,这些方言的加入,对于塑造人物、表达感情、营造出地域生活氛围和地域语境作用甚大,也增强了作品的地域文化信息。宁波和上海虽然都属于吴方言区,由于两地经济社会文化发展的不同,语言上还是有一些不同,运用到作品中就会表现出不同的特色。

(一)宁波方言

苏青在作品中运用的宁波方言有多种形式。

1. 运用一些地地道道的宁波方言词语

"阿青顶爱吃豆酥糖,……我撮些豆酥糖屑末放在她嘴里,她便咕咕咽着不再响了……"(《豆酥糖》)

"肚子饿了,他家娘姨已自去逃难,瞧这光景,连他们自己还没有晚饭落肚呢……"(《上海事件纪念》)

"少奶奶你等歇可以起床了,……"(《结婚十年》)

"奶可是真的,……赤身睡在被窝里,棉花都给浆得硼硼硬的。"(《拣奶妈》)

"瞧我给你借的那些东西好不好? 我是动煞脑筋的,……"(《歧途佳人》)

"这里二房东是谁呀? ……三楼及楼下电灯雪雪亮,你们做户长的怎么不负责呀?"(《歧路佳人》)

"那天夜里我几乎睡不着,屈指一算,离端午还差四天,好长的日脚。"(《结婚十年》)

在这些例句中,"响""光景""落肚""等歇""硼硼硬""雪雪亮""好长的日脚",都是典型的宁波方言词语。尤其是像"硼硼硬""雪雪亮"之类的词语,更具有乡土味,宁波土话非常讲究形象性,所以常常用一些象声词和叠音词,来形容具体的事物。

2．运用宁波土话中的口语

"不自小心准滑跌，我的心中咕嗫着，……"（《结婚十年》）

"只有一个鼠目短髭，面孔蜡黄的拱背小伙子，他也穿着中山装。"（《结婚十年》）

"怎么你又去烫发了？蓬头鬼似的多难看！"（《结婚十年》）

"不自小心准滑跌"、即"自己不小心必定要摔跤"的意思，"准"是"必定"的意思，"面孔蜡黄的拱背小伙子"即"面孔很黄的驼背小伙子"，"蓬头鬼"就是头发很乱的样子。苏青对自己的家乡话表现出了非同寻常的感情，她自己到老都操着"石骨铁硬"的宁波话，在作品中尤其是对话中有好多鲜活生动的宁波土话就不足为奇了。

3．运用具有浓郁地域特色的比喻

"仿佛吃过臭咸肉，或是烂肚子已经流墨水了的黄鱼似的，我只是觉得胸口饱闷而翻漾着油腻味胃汁，很想呕吐，……"（《结婚十年》）

这里用"烂黄鱼""臭咸肉"来比喻一个令人讨厌的人，非常有地域特色。宁波位于东海边上，当地人的饮食以鱼类为主，以鱼的新鲜与否来决定鱼的质量高低，宁波人也喜欢吃腌制食品。与这些饮食习惯有关的方言词语在民间流传很广，把这些词语很贴切地运用到作品中，既形象又诙谐，读后会使人产生会心一笑的快感。

宁波原属古越国，其方言中多入声：陈郑不分，张姜不分，王黄不分，多动作词，多生动的比喻，语气较硬，被称为"石骨铁硬"的宁波话。这种状况对苏青作品语言影响很大，前面分析的宁波方言词语大多就是入声。

（二）上海土语

1．运用有上海特色的词语

"他们因为同伴多，嘻嘻哈哈，……谈话的资料也无非是白相经，……"（《看护小姐》）

"奈阿是喊娘姨格？""饭阿要烧？"（《王妈走了以后》）

"……但是率领的马先生却羞涩涩的，趑趄不前……"（《涛——生活的浪花》）

"（姨婆）把野笋向外婆脚边一丢，气愤愤地告诉了一遍，……"（《说话》）

"安太太则不耐烦的回答我：'我们是外国人家，勿关嘎！'"（《做户长的苦处》）

上述例句中，带点的词语都是上海话中特有的词语或语气词，带有鲜明的上海风味。

2. 还运用一些富有上海特色的名词。如"小开"（指老板的儿子）、"娘姨"（指女佣），等等。

宁波方言和上海土话在作品中的运用，毫无疑问增强了作品的地方气息，增厚了作品的地域文化特色。

综上所述，苏青虽然不是有意识地创作地域小说，作品所反映的生活视野也比较小，但她作品中对女性的生存方式及命运却关怀备至，而且自觉地在吴越文化大背景下把民俗礼仪、地域文化同文学创作联系起来，作品中地地道道的上海市民风味、宁波风俗礼仪、鲜活生动的沪甬两地方言，和作者的思想展示及人物的悲欢离合的描写糅合为一体，使她的作品具有相当的文化意蕴和格外动人的审美情致。既填补了沦陷期上海市民的精神空虚，又构成了沦陷期上海文化的一道风景。也为苏青的作品在新时期重新被发掘打下了基础。因为"相对于变幻的时代风云，地域文化显然具有更长久的意义。——它是民族性的证明，是文明史的证明。它能够经受住时间的磨洗，战乱的浩劫，昭示着文化的永恒生命力，同时，它还能够以斑斓的色调，别致的风韵博取文艺女神的青睐，在文艺的圣殿中占据一个醒目的位置"[①]。

（原载于《内蒙古大学学报》2005 年第 2 期）

[①] 樊星：《当代文学与地域文化》，《文学评论》1996 年第 4 期。

一个都市女作家的思乡情结

——苏青家乡题材散文解读

　　苏青一生共创作了近百篇散文,与青少年及故乡亲人有关的有十五六篇,其中《女生宿舍》《元旦演剧记》《说话》《算学》《断肉记》是 20 世纪 30 年代的,而《豆酥糖》《涛》《外婆的旱烟管》《小脚金字塔》《河边》则是 1943 年以后的。在这类对家乡亲人记事抒情的散文中,较为详尽地展示了作者的童年、少年生活和家乡亲人的情况,其手法、语言均与写市民生活的散文不同。这些散文对我们全面了解苏青性格的形成及人生道路的走向有一定的认识价值,而且对了解苏青散文的总体风貌也有一定的参考意义。

一　对家乡人事的生动展现

　　苏青家乡题材散文的主要内容都是关涉亲人、往事的。《女生宿舍》《元旦演剧记》《说话》《断肉记》,这些写于 30 年代的作品,有三篇是涉及学校生活的,《女生宿舍》写得最早,写苏青在金陵女子大学的求学情况。《元旦演剧记》写苏青从初中到高中参加学校组织的元旦演剧活动,及当时因为政治形势变化而被学校限制演剧内容。《算学》描述了自己学算术的艰难及之所以选文科的原因。《说话》是一篇最能显示童趣的散文,因为我的爱说话又不懂辨别好坏,曾被过继舅母利用去伤害外婆和姨婆;也曾因我的爱说话,在上海一些中产阶级的聚会中,大谈小时候在乡下的生活和吃食,使得父亲对我大为不满,并禁止我再去出席这样的聚会。《豆酥糖》里,详细叙述了幼时的苏青与祖母同睡在大凉床上,晚上同吃豆酥糖的故事。她们从来不打扫床铺,那些洒在枕头上、被窝里的末屑,成了苏青和祖母的美餐。直至父亲发现,才改变了苏青这一不良的生活习惯。《涛——生活的浪花》写的也是苏青中学时候的一段学校生活,不过内容更加丰富,形象地展示了当时社会发展、新旧斗争的状况及外面的社会新浪潮与校内旧势力之间的斗争。《外婆的旱烟管》透过一支旱烟管,表现了外婆一生因无法得到外公的爱而依恋起外公用过的旱烟管的无爱生活。《小脚金字塔》通过我的视角,叙述五姑姑在当校监时的一些生活状况及对我的态度。《河边》描写祖母家的老用人毛伙对主人的愚忠、勤劳以及祖父对毛伙的关怀。

这些散文在艺术手法上也是很有个性和特色的。作者一反那些表现市民生活散文的随感式写法,而是通过抓住人物特征、生动的细节描写、寄情于事于物这样的手法,把对家乡亲人的思念之情、自己早年求学之景,自然而然地抒写出来,使作品产生动人的艺术魅力。具体说来有以下几点。

（一）生动的人物形象

《豆酥糖》里的祖母是一个慈善、热心、落伍、贪嘴的可爱老人。她知道我喜欢吃豆酥糖,就托人从家乡带来四包自己舍不得吃有点融化的豆酥糖,体现了对孙女的一片关爱之心。为了感谢带豆酥糖的和官哥,祖母一定要拿钱买一些点心请他吃,她在枕头底下摸索很久,才摸出一角钱,交给孙子阿祥去买十只包子,她根本不知道那时宁波包子要五角钱才能买一只,当小孙子垫出自己的钱捧来十只包子时还在拼命嫌包子小,可见她已很落伍了。苏青小时候与祖母一起睡觉时,常常在半夜摸黑吃豆酥糖,她永远不肯点灯,一是舍不得灯油,二是怕不小心火会烧着帐子。吃豆酥糖也不是大包大包地吃,而是一点点慢慢含着吃,每次只吃一包,甚至粘在脸上和床单上的豆酥糖末屑也舍不得丢掉,全部捡到嘴巴里吃掉,又现其节省、贪嘴的特征。《外婆的旱烟管》里的外婆,胆小、软弱、委曲求全,外公因为自己考场失利,心情不好,常常把脾气发到外婆身上,外婆不但不反抗还设法尽妻子的义务,给他洗衣做饭,甚至把饭送到外公的书房外面。可外公常年待在书房里足不出户,又不让外婆进去,于是,只得把外公因一次作诗高兴赏给她的旱烟管当宝贝一样依恋起来。我不小心搞丢了旱烟管,外婆居然像丢了魂似的生病了,直到重新找到旱烟管,外婆的病才好起来。使人读了不免心生怜悯之情。旧时代的妇女,没有权利选择自己的爱人,好坏都得忍着或想法去适应,与其说爱旱烟管不如说是对封建势力的屈服。《小脚金字塔》的五姑姑,尽职、愚忠,但也不失朴实、单纯。因为一手出人意料的针线活,被校长夫人留下来当了校监,她在校时学业平平,可对自己的职业却十分尽心,对我也毫不姑息,不准我穿短裙,不许我烫头发,不让我围小围巾,更不让我穿花花绿绿的衣服。学生们背后嘲笑她,叫她"小脚金字塔""两脚圆规"。苏青自己也曾经因为一些小事与姑姑发生冲突,恨不得捣碎"金字塔",折断那支"两脚圆规",可五姑姑从不为这些事情生气。所以,时隔多年回忆起来,作者仍然是充满亲切的怀念和轻松的揶揄。如果说,五姑姑有点迂腐,那么,《涛——生活的浪花》里的史先生有过之而无不及。外面的社会已经风起云涌,时代的发展已如大海的潮流不可阻挡,可史先生还想仗着自己的校长权威在女校中搞封建的一套,反对学生关注现实政治,不准学生自由恋爱,女孩的头发一定要合梳在一起,不能分开梳,反对女生剪发,封闭校门,不让学生上街去游行,纯粹是一个封建的遗老遗少。《河边》里老用人兼船工毛伙,老实勤快但又愚蠢,对主人有一种愚忠和报恩心理,即使已经累得吐血了,还是不肯休息,直至主人发话了,他才稍微减轻一些劳动。他干活很卖命,祖母实在看不下去,劝他歇歇,他倒反而像受了侮辱似的,不顾实际年龄和能力,盲目地不服老,愚蠢但又十分可爱。比如他借钱给人家,但从不曾讨回来,人家假如装得可怜一点,他不但不讨前债还会借更多的钱给他们,他的身上多少可以发现一些阿 Q 的影子。

1.抓人物的特征

在《小脚金字塔》和《涛——生活的浪花》中,作者对五姑姑的特征抓得很准,只用很少的描写文字,就把五姑姑写得活灵活现。"我的五姑母有着矮胖的身材,一双改组派小脚不时换穿最新式的鞋子。的确,她平日在装饰上总是力求其新,虽然在脑筋方面却始终不嫌其旧。"①高二男生叫五姑母为小脚金字塔,是因为她从头顶到屁股活像金字塔,只是多了两只脚。高三男生说她小脚穿了高跟鞋子,走起路来划东划西,好比一只"两脚圆规"。借助学生的绰号,形象地把五姑母头小臀宽的身材描绘出来了。她看见我们穿篮球鞋有趣,自己也买了一双七八岁儿童穿的小篮球鞋来,那球鞋的鞋头又扁又大,她穿时得塞上许多旧棉花。男生们见了她穿这鞋走过总要大伙儿拍手齐喊"一只篮球

---

① 苏青:《小脚金字塔——我的姑母》,《苏青散文集》,安徽文艺出版社 1997 年版,第 137 页。

鞋,半只烂棉花"。五姑姑虽然是个学监,但她的年龄并不很大,内心中还有童心。每当学生中发生了什么事,她就会"打鼓似的笃笃笃一双小脚穿着皮鞋拼命向校长室跑去报告"。一个小脚的女学监,跌跌撞撞地在寝室、教室、学生之间跑来跑去,在当时严肃的中学里,其对比之明显,其形状之可笑可想而知。但读完全文我们不但不会嘲笑她,反而怜惜她,正如苏青在时隔多年后再来反顾当时的场景时,仍然对她的五姑姑有一种亲切感一样。对《河边》里的毛伙,作者抓特征也很准。毛伙对祖父一家很愚忠:毛伙有老婆,但他不常回家,生怕过多的房事会掏干了他的身体,使他不能有更多的力气为主人干活;毛伙给主人干活很卖力,直到累得吐血还不肯休息;"他在磕呛呢,咳得很重而且是连声的,额上青筋暴涨,象是喉头很难过,不禁伸进两三只手指去捏,呕出来的都是鲜血。"①毛伙很愚蠢,有一次他进城送信,在城门口碰到一群人硬要替他剪辫子,就不顾一切地跳入河中,想以死来保卫自己的头发。但是他的不愿剪头发,不是为了忠于清朝皇帝,而是因为剪去头发帽子就戴不牢。但毛伙又很可爱,如前述的借钱不讨回,甚至轻易被人所骗借出更多。作者紧紧抓住毛伙语言、思想、行为特征,给我们留下了一个活生生的旧式农民形象。

除了五姑姑、毛伙外,苏青对她接触过的人物,都能准确地抓住特征,女子师范学校的校长史先生"有一张满月般、带着红光的脸,三绺牙须,说长不长,道短却不短。说话的时候,他总是用手摸着牙须。轻轻地、缓缓地,生怕一不小心摸落了一根"②。后来的刘校长则"生得矮胖身材,白麻子,两颗门牙尽管往外扒。因其腹部隆然凸出,走起来大摇大摆,也有戏呼之为'十月怀胎'者"③。国文程先生是个红鼻子酸秀才,又脏又懒。英语老师念起英文来声音像吃糠似的,又嘶哑又生硬。这些人物在苏青笔下很多,为她的散文增添了很多诱人的魅力。

2.生动的细节描写

《豆酥糖》中当老祖母托人带豆酥糖给我时,已经很老了,而且长期与外界隔绝,所以很落伍了。作者用了一个细节:祖母摸了很久才从枕头底下摸出一

---

① 　苏青:《河边》,《苏青散文集》,安徽文艺出版社1997年版,第190页。
② 　苏青:《涛——生活的浪花》,《苏青散文集》,安徽文艺出版社1997年版,第96、107页。
③ 　苏青:《涛——生活的浪花》,《苏青散文集》,安徽文艺出版社1997年版,第96、107页。

个钱袋,拿出一角钱让小孙子去买十只包子,其实这时宁波的包子已经要五角钱一只,当孙子自己贴钱买了十只包子来时,祖母还在絮絮叨叨"1角钱十只包子还这么小……1角钱十只,1分钱一只,……1分就是一个铜板哩,合起铜钱数来可不是……"①年老的祖母长期待在家里,平时又很节约,从来不会去买包子,自然对市面上的变化不知道。作者为了表达自己与祖母的亲情,还有两段生动的细节描写:一是祖孙俩半夜摸黑吃豆酥糖:"她把豆酥糖末子撮一些,放进我嘴里,叫我含着等它自己融化了,然后再咽下去。'咕'一声,我咽下了,她于是又撮起一些些放进嘴里来。这样慢慢的、静静的,祖孙俩在深夜里吃着豆酥糖。"②其实作为家中的长者,祖母完全可以大大方方地爬起来吃豆酥糖,可是祖母很节约,又怕不小心烧着帐子,引起火灾,还怕动作太大惊醒其他人,所以祖孙俩不但摸黑吃豆酥糖,而且小心翼翼,像做贼一样。二是祖孙俩因为摸黑吃豆酥糖,常有很多屑末掉到床上甚至脸上,但她们从不打扫照睡不误,还把这些屑末当美味:"有时候豆酥糖屑末贴牢在我的耳朵或面孔上,祖母第二天发现后便小心的把它取下来,放到自己嘴里,说是不吃掉罪过的。我瞧见了便同她闹,问她那是贴在我脸上的东西,为什么不给我吃?"③老的小心翼翼,小的吵吵闹闹,一吵一闹之间,浓浓的亲情喷涌而出。这些细节很有感染力和影响力,使人读了很难忘记。而一老一少馋嘴的样子,偷偷摸摸的情形也跃然纸上。

《外婆的旱烟管》里的外婆,苏青也是用细节把她写活的。外婆得到了外公送的旱烟管后,就与旱烟管相依为命。白天用旱烟管作拐杖,夜晚用烟管到处敲敲,听听里面到底有声音没有。天蒙蒙亮坐在厅堂前面用洁白坚挺的席草通烟管,"席草从烟管嘴里直插进去,穿过细细的长长的烟管杆子,到了装烟丝的所在,便再也不肯出来了,于是得费外婆的力,先用小指头挖出些草根,然后再由拇食两指合并努力捏住这截草根往外拖,等到全根席草都拖出来后,瞧瞧它的洁白身子,早已给黄腻腻的烟油沾污得不像样子"。当我丢了旱烟管以后,外婆因思念旱烟管而生病了,"她躺在床上不吃也不喝,沉默着,老是沉默

---

① 苏青:《豆酥糖》,《苏青散文集》,安徽文艺出版社1997年版,第92—93页。
② 苏青:《豆酥糖》,《苏青散文集》,安徽文艺出版社1997年版,第92—93页。
③ 苏青:《豆酥糖》,《苏青散文集》,安徽文艺出版社1997年版,第94页。

着……""半晌,外婆的声音痛苦而绝望的唤了起来:'我的旱烟管呢? 我的旱烟管呢?'接着,塞塞窣窣的摸了一阵。"①这些细节把一个旧时代没有爱情也很少自由的女性形象写活了。

(二)情感浓郁

苏青那些谈论女人、生活、养儿育女、工作的散文,常常是冷静的,甚至是语含幽默、比较尖刻的。而在这些叙写自己童年生活和家乡亲人的散文中,却常常笔含深情,这里有对外婆的同情,有对祖母的深深怀念,有对爸爸的爱恨交织,有对母亲的尊敬和怜悯,有对五姑姑的略带揶揄的怀念,还有对自己读书生活和童年幼稚行为的念念不忘。十五六篇散文,可以说是作者自己童年少年生活和家乡亲人生活的写照,每一篇文章都流露出浓浓的情感,这些情感或借助于事或借助于物加以抒发,委婉蕴藉,感人至深。如果说苏青那些反映市民生活的散文是小辣椒,那么,这些反映家乡童年生活的散文则是甜草莓。

(三)语言质朴、优美

苏青反映市民生活的散文大胆直率,直言谈相,很少顾忌。她谈性、谈男女不平等、谈夫妻吵架、谈如何养育小孩、谈女人和婚姻,尖锐、深刻、话中带刺。有些甚至令当时一些伪君子大为吃惊,如:"饮食男,女人之大欲存也,天然的趋势决非人力所能挽回。"②把古代圣人的话重新标点,明确地表达自己的女性观,使时人刮目相看。在一些争论性的散文中,不但不留情面,甚至会说过头一点。而在这些记述家乡亲人、童年生活的散文中,语言流畅,尽管没有像朱自清、冰心那样在语言上用力很多,但也多少花了一些力气,如一些景物描写的片段就写得很美:"天空渐渐暗起来,远处的树叶模糊了,渐渐连枝儿也看不清楚,树干儿像一条条黑影。河水是静静显得更深更黑,使得人害怕。"(《河边》)对夜幕降临时,树叶树枝河水的变化写得较为细腻。另外,这些散文中人物肖像、动作、行为的描写文字也很生动,这点在前面人物形象分析中已有所提及。

---

① 苏青:《外婆的旱烟管》,《苏青散文集》,安徽文艺出版社 1997 年版,第 129 页。
② 苏青:《谈女人》,《苏青散文集》,安徽文艺出版社 1997 年版,第 291 页。

二　反顾童年家乡人事的内外因素

作为一个都市女作家，在大量写作反映女性、婚姻、生儿育女这类散文的同时，又用深情的笔触，反顾自己的童年少年生活及家乡的亲人，这种文学现象很令人思考。经过反复阅读与苏青相关的材料，我以为下面两点原因是主要的。

（一）与苏青早期的人生经历有关

这种经历是比较复杂的，首先与其家庭生存环境有关。苏青出生在浙江鄞县乡下，刚出生时，父亲就横渡太平洋到美国哥伦比亚大学学银行学去了，学成之后在武汉、上海等地工作。8岁时苏青曾随父亲到上海去住过几年，但在苏青12岁时，父亲就离开了人世。苏青的母亲是师范学校的学生，当时尚未完成学业，所以苏青很小就被寄放在离城里几十里的外婆家，那时外公去世已经12年，家里只有外婆、姨婆、老妈子、奶妈及苏青五个女的，唯一的过继舅舅在城中学生意，很少来家，所以，家里只有看门的雄狗是"男性"。苏青从小生活在这种阴盛阳衰、家族渐趋败落的境况中，这种状况对苏青性格的形成有一定影响，比如苏青从小就喜欢热闹，不喜欢冷冷清清的场面。另外，父亲早逝，家道中落，胆小的母亲不敢忤逆族规，把田产卖掉供苏青继续求学，导致她因缺少学费而多次辍学，最终大学只读了一年，就匆匆成婚，这些家庭变故更在苏青内心刻下一辈子也抹不去的烙印。其次，与当时宁波的民风有关。20世纪初，宁波作为最早开埠的码头之一，已经成为浙东到上海的门户，这里货物堆积如山，商贸繁荣，出现一种令人瞩目的新兴气象，使宁波人产生一种自信、热闹、务实、易满足的民风，在这块土地上成长的苏青自然也受这些民风的影响，形成自立、自强的性格。另外，与她婚后远离家乡有关。苏青嫁到宁波城里，并随丈夫来到上海定居，但母亲仍孤独地生活在乡间，弟弟远在四川受肺结核的折磨。面对此情此景，任何有感情的人都不会忘记家乡、忘记亲人，何况像苏青这样家族观念很重的人。

（二）与她的婚变、谋生艰难有关

1943—1944年，苏青离婚后，进入创作的旺盛期，当时她一连出了几个散文集：《浣锦集》《饮食男女》，尤其是对第一部散文集《浣锦集》喜爱有加，她曾说过："爱读《结婚十年》的人我只是把他们当作读者看的，而对喜欢《浣锦集》

者,却有不胜知己之感,然而得一知己毕竟难呀!"①苏青的散文从大的方面来说,基本上可以分为两类:一类是写上海市民生活的,一类是写家乡亲人、童年趣事的。如果说前者造就了苏青在沦陷期上海文坛的轰动,成就了她的文名,那么后者则是她来到上海之后,面对谋生的艰难、情感的波折、哺小养老的艰辛,而寻求精神上的安慰、心灵上的寄托的产物,是她精神的后花园。苏青是在 1943 年秋季离婚的,离婚后她一人拖着 3 个孩子,还要养一个老母亲和保姆,生活来源只是一些不稳定的稿费,而 6 个人的吃穿是一天都不能耽搁的,所以苏青肩上的担子很重,心理的压力很大。"当我养最后一个孩子的时候,我们夫妻间感情已决裂了。我与我的孩子们生活过得很苦,靠写文章来维持衣食,这日子真不是人过的。"(《救救孩子》)"生活下去! ——米卖四万多元一石,煤球八万左右一吨,油盐小菜件件都贵,就说我一个人吧,带着三个孩子,外加女佣之类,每月至少也得花去十几万元钱,做衣服生病等项费用,还不在内。至于我的收入呢?办杂志不亏本已经够开心的了,赚钱简直休想。"母亲又来信告急:"金饰现钞通被匪军劫掠光了,租款又收不着,千万要我汇些钱去救急。"(《如何生活下去》)为了生存,苏青不得不"写文章,编杂志,天天奔波,写信,到处向人约稿,向人献殷勤。人家到了吃晚饭时光了,我空着肚子跑排字房,及至拿了稿样赶回家中,饭已冰冷,菜也差不多给佣人吃光了,但是饥不择食,一面狼吞虎咽,一面校清样,在 25 烛光的电灯下,我一直校到午夜"(《海上的月亮》)。结果得了盲肠炎,一个人躺在家里"孤零零地,叫天不应,叫地无灵,这间屋子里再也找不出一个亲人"(《海上的月亮》)。其实在这之前,她丈夫与丽英之间的纠葛,苏青已经有所察觉,所以心情肯定不会好。

当一个人面临丈夫的变心,家庭的崩溃时,首先想到的是娘家,回忆的是童年,这类例子在现代文学史上不乏其例,萧红在经历与三个男子的离合,生病躺在远离家乡的香港时,也曾深情地呼唤和寻求精神家园,写出小说《呼兰河传》《后花园》。童年是人生中最无忧无虑的时代,童年的记忆是永远也不会忘记的,家乡的亲人无论你走到哪里,都会在你的脑海里涌现出来,尤其是人生不顺利,或处于孤独寂寞时期,更容易思念他们。尽管苏青个性直爽、坚强、

① 苏青:《〈浣锦集〉与〈结婚十年〉》,《苏青散文集》,安徽文艺出版社 1997 年版,第 483 页。

爱热闹,但心中也有一块软肋。所以在这两年中,苏青一连写了这么几篇感人的叙事抒情散文是很自然的。这一点从写于1944年的《过年》中,可以进一步得到证实。离异后的第一个春节,苏青一个人孤零零地过年,先是装病蒙头大睡一整天,以推托过年的应酬。傍晚时,别人都准备吃年夜饭,而她只有一个人,"我的心里很平静,平静得像无风时的湖水般,一片茫然,我开始感到寂寞了"。"房间收拾得太整齐,瞧起来便显得空虚和模糊。但是更空虚更冷静的却还是我的寂寞心,它冻结着,几乎快要到发抖的地步。"①多么凄凉,谁读了都会洒下一把同情之泪。在这样的状况下,苏青能不想念家乡和亲人吗?其实作者在他们夫妻生活尚好时,有一次因为重感冒,一个人躺在床上已经产生了思乡之情:"每当独卧在床上,听见楼下及隔壁打着咭咭呱呱广东话在纵声狂笑时,我心中不禁起了游子思乡之感,觉得置身于陌生的异乡人中,真是万分凄凉,后来索性每闻楼上有木屐声时,就紧紧地把被蒙住了头。"(《搬家》)何况当作者经历人生的波折、情感磨难之后呢。

细读她这方面的散文,30年代写的基本上以写自己的求学生活为主,语言比较幽默诙谐,笔调也比较轻松,没有太沉重的感觉,而1943年婚变以后的几篇散文其情感的力度明显比30年代的强,语言已很少幽默,读起来给人一种沉甸甸的感觉,可见文章是作者人生经历的写照,我们不能因为其数量少而不予重视,更不能因为苏青是写市民生活的散文出名而忽视这些写家乡亲人和童年、少年生活的散文。这是认识苏青及其文品、人品不可忽略的部分。

三 苏青散文的独特之处

苏青和张爱玲在当时的上海被称为文坛双璧,张爱玲以浓重的"传奇"色彩令时人感佩,苏青以快人快语、平实俗白的创作风格被读者认可。两者在内容、手法、风格上差别都比较大,就内容而言,张爱玲的散文缺少叙事抒情散文这一部分,多了一些《谈画》《谈跳舞》《谈音乐》等谈论各种艺术的散文。从写法上看,张爱玲的散文是一些精致的图画,她善于将客观事物艺术化,她可以不厌其烦地去描摹服装上的花纹,可以将一幅普通的街景描绘成一幅泛着黄

---

① 苏青:《过年》,《苏青散文集》,安徽文艺出版社1997年版,第145页。

色的古色古香的工笔画,即使描摹琴声,也能把听觉变为具体可感的东西。张爱玲的联想十分丰富,她能从小孩子胸前的油渍,联想到戏剧里关公领下盛胡须的锦囊,奇特而令人惊叹。她可以把各种艺术形式融会贯通,并在现实生活里重现。她的比喻也出人意料,使你读后不由得惊叹不已,"童年的一天一天,温暖而迟慢,正象老棉鞋里面,粉红绒里子上晒着的阳光"①。她的语言幽默而华丽,字里行间洋溢着作者的聪明与才智,使文章具有很强的可读性和感染力。而苏青的散文大都率性而谈,她的叙事抒情类散文尽管情感浓郁了不少,语言也相对优美,如"静静的河水,小心地附着浣锦桥倒影,动都不敢动弹,生怕荡漾间会搅乱这三个端正的字"②。以河水写桥,再以桥进一步衬托水,以虚写实,动静结合,写出了韵味。但这样的文字在苏青的散文里少得可怜,而且手法上也没有张爱玲散文丰富。苏青散文的语言质朴,即使比喻也常常是极其生活化的,"嫖对于男人本来是稀松的事。并不是男人非吃这客汤团不可,也决不会有男人拿汤团来当饭吃。太太好比阔人家的饭,虽然不一定需要,不过一日三餐时间到了,总不免要循例的扒上几口。交际花是精美的点心,也可以补充饭之不足,然而不一定人人吃得起,吃得起的人也决不肯天天吃此一种"③。拿女人与吃食比,这个比喻新奇但又与生活很贴近,生动形象中不乏顽皮与讽刺。读苏青的散文,给人多一些实感、少一点想象,很少用形容词,即使用了,也绝没有张爱玲式的工笔画,即使是那些写故乡亲人、童年往事的叙事抒情散文也是如此。

总之,苏青的家乡题材散文,寄托了作者对家乡亲人深情的回忆和呼唤,是思乡情结的生动外化,它们真实地记载了作者的人生足迹。与书写都市市民生活的散文相比,有着独特的魅力。这些散文对了解作者之所以走上这样的人生道路,及作者世界观、人生观的形成都有一定的意义,能够使我们看到苏青精神生活和心理世界的另一面,对于研究其人其文有一定的参考价值,值得引起我们的重视。

(原载于《宁波大学学报》2006 年第 1 期)

---

① 张爱玲:《童言无忌》,《张爱玲散文全编》,安徽文艺出版社 1997 年版,第 263 页。
② 苏青:《河边》,《苏青散文集》,安徽文艺出版社 1997 年版,第 186 页。
③ 苏青:《交际花》,《苏青散文集》,安徽文艺出版社 1997 年版,第 416 页。

精神原乡与基因来源①

——论温州文化对张翎小说的影响

　　张翎是新移民小说的领军人物之一,1986 年出国留学后定居在加拿大多伦多市。1996 年开始创作长篇小说,迄今已出版《望月》《交错的彼岸》《邮购的新娘》《金山》4 部长篇小说,《雁过藻溪》《余震》等 20 多篇中短篇小说。2009年,她的中篇小说《余震》被冯小刚改拍成电影《唐山大地震》之后,知名度骤然提升。张翎的作品多次入选各种转载本和年度精选本,并相继获得"十月文学奖""世界华文文学奖"等多个奖项。对于张翎小说,研究者多从跨文化、女性书写、叙事结构、语言特色等方面进行研究,而从温州文化如何对张翎的小说创作产生影响,以及张翎如何通过小说彰显温州文化方面关注者尚少,本文试图从这个角度做一些探讨。

　　地域文化是在一定地理环境和生产生活方式下形成的具有个性特质的物质文化与精神文化,它是特定区域的生态、民俗、传统、习惯等文明的表现。地域文化对作家创作的影响是非常明显的,它"不仅影响了作家的性格气质、审美情趣、艺术思维方式和作品的人生内容、艺术风格、表现手法,而且孕育出了一些特定的文学流派和作家群体"②。

　　温州地处浙南,背山面海,人多地少,矿产资源缺乏,外加台风、虫灾、涝灾等不断发生,自然生活条件是比较恶劣的。南宋著名思想家叶适及 19 世纪后期以"浙东布衣"著称的后哲,根据此地的特殊情况,提出"经世致用""义利并举""注重商业"等哲学思想。严苛的自然环境和先哲思想,使生活在这里的子

---

①　第一作者:章怡虹,温州大学汉语言文学副教授;第二作者:周春英。

②　严家炎:《二十世纪中国文学与区域文化丛书》总序,《理论与创作》1995 年第 1 期。

民养成了勤劳务实、敢闯敢干、不怕艰苦、敢为天下先、富有包容精神的文化性格。温州文化作为在该地区范围内形成的特定文化内涵，它以一定的物质文化和精神文化或其遗存，构成这一地区的文化重心。

张翎出生在杭州，5 岁时才来到温州。她祖父的家在苍南盛产明矾的矾都，外祖父的家在藻溪。张翎自己在温州念过中小学，还当过教师，做过工人，她是一个地地道道的温州女人。1986 年，张翎出国前夕，随母亲回了一趟藻溪，看到外公家族的祖坟和外公家被火烧得只剩下门框的老屋，她突然明白："人和土地之间也是有血缘关系的，这种关系就叫做根。这种关系与时间无关，与距离无关，与一个人的知识阅历也无关。纵使要隔数十年和几大洲，只要想起，便倏然相通。"①出国 10 年之后，当张翎拿起笔进行创作的时候，温州文化成为她小说的母性渊源，左右着她小说的主题、影响了人物形象的塑造，增强了小说的历史厚重感，丰富了小说的地域文化色彩。

一　"永远在路上"的母题

张翎所有小说都有一个共同的母题，那就是"永远在路上"。这个主题源于张翎的祖先那种一直不断地向外迁徙、寻求更好生存环境的行为和思想。张翎曾说："择水而居大约是人类的天性。外公的父母辈在藻溪生下了外公，外公长大了，心野了起来，就沿着藻溪往北走，走过许多地方之后，在一条叫瓯江的河边停了下来。于是，我也跟随着父母在瓯江边上生活成长。后来我也长大了，我的心也野了，想去看外边的世界。溪不是我的边界。河不是。海也不是。我的边界已经到了太平洋。"②

这种"永不停止，不断寻求"的思想贯穿在张翎的小说中。《望月》中的女主人公孙望月是旧上海圆珠笔企业大亨孙三园的外孙女，从小衣食无忧。长大后嫁给会做生意的颜开平，自己学美术，在丈夫的帮助下，在国内开过几次画展，圈内也小有名气。但孙望月并不满足目前的生活现状，而是追随出国大潮投资移民到加拿大，并筹划在国外开画展。到了加拿大之后，为摆脱精神空

①　张翎：《追溯生命的源头》，《雁过藻溪·序》，华东师范大学出版社 2009 年版，第 3 页。

②　张翎：《追溯生命的源头》，《雁过藻溪·序》，华东师范大学出版社 2009 年版，第 2 页。

虚,去学校听课,与老师牙口产生了爱情,后来发现牙口是同性恋者就结束了这段感情。但这次爱情,使望月因为宫外孕差一点丧了命,是画家宋世昌的精心照顾,使望月恢复了身体,两人还产生了爱情。为了追随去落基山脉班福艺术中心参加培训的宋世昌,望月把房子卖掉,把卖房子的钱以妹妹的名义捐给了东非最大的现代化医院的妇产科。自己则在班福的欧滋租了房子,通过出卖自制的手工艺品和为当地图书馆整理资料赚取低廉的工资维持简朴、单纯的生活。在人人都在为物欲而奔忙的时候,孙望月却在恶浊的物欲之海中沉浮一阵之后看破红尘,寻求纯真的精神世界,这是一种更高境界的精神追求。

此外,《交错的彼岸》中的黄蕙宁、黄萱宁姐妹,不满于小城闭塞、单调的生活,到加拿大去寻求更好的生存环境;《邮购新娘》中的江涓涓来到加拿大之后,宁愿失去婚姻也不改做服装设计师的梦;《雁过藻溪》中的末雁,在婚姻破裂、母亲去世、搞清楚自己的身世之谜后,没有被悲痛压倒,而是重回加拿大,继续自己的事业;《花事了》中的吟云,为了心爱的越剧事业,离家出走甚至不惜放弃终身大事。《金山》中的方德法虽是广东的孩子,但他1879年到了梦中的"金山"——加拿大英属哥伦比亚省时,他和他的同胞却被称为"猪仔",从那时起,中国人向世界走出了很远的路,他们在这片土地上劳作、受苦,屈辱地死去或者坚韧地生息。这些人的行为和做法,都是这种不断奋斗、寻找理想家园精神的生动体现。

二 中西融合的文化追求

张翎在加拿大为生存而奋斗的10年里,曾经受过西方文化的无形挤压,也看到众多同胞的孤独寂寞和思乡念家。这使她无论从情感上还是理智上都有足够的距离来审视异质文化之间的差异,来思索和探求不同文化之间的共性。她说:"从老一代移民到他们的后代,观念已经发生了很大的变化,最初是叶落归根,后来是落地生根,到现在,应该是开花结果的时候了,所以,我要在'文化冲突'的这个旧瓶里装上新酒,让读者从作品中感受到中西文化中共通的东西。"①因此,在《交错的彼岸》《邮购的新娘》《雁过藻溪》等中长篇小说中,作者通过大跨度的时空结构,把发生在海外的故事与温州故土的生活、历史联系起来,以浓厚的人情味、多重的叙述视角来展示东西方文化的平等对话和交流。这种文化观念上的突破既是中国政治经济飞速发展提高了海外移民作家的民族文化自信心的结果,同时也给华文文学创作带来新的因素。对此,美国华文文学批评家陈瑞林的评价是:"张翎,仿佛是地球舞台的神秘调度,大幕拉在海外,幕里燃烧的焦点却在中国,她让自己心爱的人物,身世凄迷苍凉,游走在东西的时空,时而靠岸,时而扬帆,穿梭出一幕幕人世无常的命运故事……"②

与 20 世纪 60 年代的留学生文学与 80 年代早期的新移民小说相比,张翎的小说创作显然是一种突破。20 世纪五六十年代,第一批从台湾赴美的华人作家於梨华、白先勇、聂华苓等,他们随父辈离开大陆到台湾,因不满现实,先后来到了他们梦想的美国,但是他们发现,台湾固非"乐土",美国亦非天堂,回归大陆又无望,不禁四顾茫然,成了"无根的一代"和社会的"边缘人",内心深处产生了孤独、寂寞、思乡念国的愁绪,于是把文学作为宣泄情绪的窗口。出现了於梨华的《又见棕榈,又见棕榈》;白先勇的《纽约客》《芝加哥之死》;聂华苓的《桑青与桃红》等小说。这些作品描摹了"融入"西方文化的艰难和焦虑,宣泄了"离散"的无根感和命运的漂泊感,"乡愁"和"文化冲突"成为最重要的思想情感内容。而 80 年代初,以曹桂林的《北京人在纽约》、周励的《一个曼哈顿的中国女人》为代表的早期新移民文学,这种现状还是没有太大的变化。

《交错的彼岸》中的故事发生在加拿大的多伦多市,以温州姑娘黄蕙宁的失踪及警方和媒体的寻找牵引出这位姑娘的背景,她是温州城里金三元绸布庄的后代,由此纵向描述金三元布庄近百年的变迁史和发生在当代温州的历史事件。金三元绸布庄是一家百年老店,分店遍布浙江省境内,到蕙宁外公执掌时十分兴旺,后来被同行排挤,乡下的田产又收不上来,才开始败落。而绸布庄唯一的后裔金飞云,她的丈夫黄尔顾、前恋人龙泉分别是新中国成立初温

---

① 万沐:《开花结果在彼岸——〈北美时报〉记者对加拿大华裔女作家张翎的采访》,《世界华文文学论坛》2005 年第 2 期。

② 陈瑞林:《风雨故人,交错彼岸——论张翎的长篇新作〈交错的彼岸〉》,《华文文学》2001 年第 3 期。

州市的书记和副书记,他们在"文革"中被批斗、毒打和送干校劳动,粉碎"四人帮"之后,他们官复原位,不久就退居二线。伴随家族变迁的还有三代人的爱恨情仇:有丫鬟阿九与蕙宁外公红颜白发的忘年恋;有金飞云与黄尔顾的政治婚姻以及与初恋情人龙泉的痛苦分手;有蕙宁与海狸子之间青梅竹马的爱情。作者用穿插叙述的方法,把加拿大多伦多市发生的故事与金三元绸布庄的变迁史、金家三代人的命运浮沉以及 20 世纪后 50 年在温州城里发生的重大历史事件交织起来,大大加强了小说的历史厚重感和沧桑感。难怪莫言称张翎"在她创作这部小说的日子里,她的身体生活在加拿大,她的精神却漫游在她的故乡温州和温州的历史里"[①]。《邮购新娘》小说通过描写温州市委书记的私生女江涓涓来到加拿大应婚,牵出发生在太平洋西岸温州城里的故事。作者用大开大阖的手法,借助母女三代人的命运变迁,在梳理清楚 20 世纪百年历史变迁的同时,讲述了温州市委书记江信初与地主出身的许春月、越剧演员竹影、裁缝方雪花几个女人之间的情感纠葛;牧师约翰·威尔逊一百多年前去温州传教办学及与流浪女路得之间的一段情感纠葛;越剧名伶筱丹凤、竹影母女坎坷的身世和凄迷感人的人生故事;还有江涓涓与沈远之间没有结果的爱情之旅。这些故事像一道坚实的地基、丰厚的泥土,使江涓涓在加拿大奋斗的故事有了深厚的文化和历史底蕴。

《雁过藻溪》中,作者从末雁在加拿大的婚变写起,然后用倒叙和穿插叙述相结合的手法,把末雁早期的知青生活、求学经历、情感生活,以及回国送母亲的骨灰去乡下安葬的故事融合在一起。作品不但生动展示温州独特的丧葬习俗,而且通过财求的口讲述了土改时发生在藻溪镇上惊心动魄的历史事实。贫协副主席财来与地主黄寿田为争夺一只鼻烟壶相互扭打,之后又在光天化日之下奸污黄寿田的妻子袁氏,袁氏为拯救被关押的侄女黄信月跳井自杀。与周立波的《暴风骤雨》中那些贫苦农民因害怕地主报复,把分来的"浮财"悄悄退回去的做法截然不同,张翎在作品中对土改时一些干部劣迹的描写,不但大胆,也在一定程度上揭示了历史的某些真相。与赵树理在《李有才板话》中乡村基层政权被坏人掌控的叙写十分相似。

---

① 莫言:《写作就是回故乡》,见张翎《交错的彼岸·序》,华东师范大学出版社 2009 年版,第 1—4 页。

张翎小说中体现出的这种独特文化观念,与温州文化的特点以及张翎的家族渊源有关。

温州文化是一种多元文化,历史上有过多次大融合。早期的温州文化,就有瓯越文化与闽文化交融的迹象,当时的居民以渔捞樵采为主,称为歧海文化。周赧王九年(前306)越国被楚国灭亡之后,越人大规模进入浙南,出现了第一次不同文化之间的融合。永嘉之乱爆发之后,晋室南渡,中原人士为了避难,大规模地涌入南方。这些移民把北方的先进文化带入温州,为温州文化的发展注入了新鲜活力。北宋末年的靖康之难,以及后来宋金、宋元对峙期间历时达150年之久的移民潮,都使温州地面出现了更大规模的南北移民的交汇。这种本土与外来文化的多次融合,使温州文化具有多元性和包容性的特点。

张翎的祖父和外祖父家里都是书香门第。外祖父章涛毕业于浙江大学化工系,有留学日本的经历。祖父张达生在新中国成立后曾担任过温州市图书馆馆员、浙江省文史馆馆员,文史和诗词楹联造诣很深。张翎的姑姑张曙岚长期担任中学英语老师,后来寓居新加坡。两位叔叔张纯美和张纯青都是旅美华侨,张纯青退休前还是《拉斯韦加斯时报》《华文报纸》的社长、总编辑。张翎家里有很多藏书,其中有不少是英文原著。这样的家庭背景,使张翎在接受传统文化熏陶的同时,对西方文化也不陌生。

地域文化和家庭背景作为巨大的精神资源,滋养了张翎的灵魂,影响了她的性格品性、审美心理、想象构型,更促成了她中西融合的文化追求。

三 多个温州女性形象的塑造

张翎的小说,不仅描写了温州的历史和山水风物,而且塑造了多个温州女性形象。她们大多坚韧、执着、自强、精明、肯吃苦,有自己的信念,能够自立自强。

路得(《邮购新娘》)出生于一百多年前,她本是一个被人抛弃的流浪女,后来被传教士约翰·威尔逊收养,成为温州市第一个考上省城中学的女子。在杭城的路得一直与威尔逊书信往来,并对威尔逊产生了感情。三年之后,路得回到温州,当她把初吻献给睡眠中的威尔逊时,发现了已有身孕的罗丝林娜,她夺门而出。为了家庭和责任,威尔逊带着妻子回到美国,但他的心留在了中国。威尔逊离去之后,路得继任了恩典红房学堂的校长职位,之后整整50年,她一直在这个岗位上兢兢业业地工作,以自己对爱情的执着和对事业的忠诚赢得读者的赞赏。筱丹凤(《邮购新娘》)是民国初年的越剧名角,她出身贫寒,天资平平,可她硬是凭着自己的努力成为声震瓯越的名角。在一次给当地富户谢家唱堂会的时候,她与谢家公子相爱了,一夜缱绻之后,产生了爱情的结晶。她冒着被开除的危险隐瞒怀孕的事实,并苦苦等待谢家公子兑现承诺。事情败露之后,善良的师傅把她送到乡下去生产。几年之后筱丹凤再次被邀去谢家唱堂会,站在台上的她,看到谢家公子与妻子、孩子在下面看戏,一家人和和睦睦,而自己的女儿竹影却在受苦受难,彻底绝望的她,吞下鸦片,以死表达内心的抗争。

除了这些传统女性之外,张翎还塑造了多名坚韧、精明的现代女性。

温州文化非常注重经商,将经济利益放在首位,这一价值取向,使得人们在面临经济利益时懂得如何争取利益最大化。赵春枝(《空巢》)在20世纪80年代,考上师范学校等于捧上了铁饭碗,但她为了爱情,果断地中断已经学了一年半的学业,回到男友家中照顾瘫痪在床的婆婆。男友从部队复员与她结婚之后,自己下海经商,她全心支持丈夫的事业,做起全职太太。当发现丈夫为了传宗接代与别的女人生了一个儿子之后,她毅然离开丈夫,到北京当保姆。当保姆期间,她不卑不亢,处事得体有分寸,当雇主何教授因为一点小事与她吵架,她敢于拿了行李回老家。她还很十分精明,用教何教授做家务作为交换条件让何教授教她学英语,最后,以自己独特的方式赢得了何教授的心,这种做法很好地体现了这个特色。

黄蕙宁(《交错的彼岸》)身体瘦弱但秉性坚韧好强,她是原温州市委书记的千金,在国内高校有很稳定的工作,但她不满足于小城闭塞、单调的生活,来到加拿大。之后10年,她一边辛勤打工维持生存,一边拼命读书提升自己,在此期间又经历了与谢克顿和大金的情感纠葛。最后,她终于得到了陈约翰医生的爱情。江涓涓(《邮购新娘》)比黄蕙宁更具有打拼闯荡的精神和不服输的斗志。江涓涓作为林颉明的未婚妻被"邮购"到加拿大,在经历过与沈远的情感波折之后,深知一个女性必须自强自立才能赢得真爱,所以,她坚持做服装设计师的梦。当她得知林颉明打算先盘下咖啡店,几年之后再送她去读书的想法之后，她毅然离开了林颉明。最后林颉明与热情大方的塔米走到了一起。她与牧师保罗达成情感上的默契，又在薛东的洗衣店里找到了工作，她设计的服装在一次戏剧演出中取得意想不到的成功。半年后因为签证到期，江涓涓踏上了归国的途程，但薛东的一封信又给了她新的希望。

四　具有温州特色风俗民情的展示

在张翎的小说中描绘了有很多富有温州地方特色的风俗民情，如越剧、葬礼、墓葬、庙会等。风俗是特定社会文化区域内历代人们共同遵守的行为模式或规范，与自然地理环境相比，风俗民情更能显示生活的色彩和情调。"优秀的小说作者最富于魅力的艺术因素之一，是基于历史事件写成的风俗画面。"①在温州，有钱人家遇到红白喜事都会请戏班子到家里去唱堂会，一般都是越剧的折子戏。尽管从宋朝开始，温州民间的戏剧主要是南戏，但到了近代以后，越剧出现的频率更高。这种剧种起源于浙江嵊州，与京剧的高亢、激越不同，它讲究的是绵、软、柔，从演员的着装、动作到唱腔，都是如此。"小青与白蛇去郊外踏青，云步紧挪，水袖轻舞，杏脸半掩，露出一对盈盈欲滴的黑眸子。才娇滴滴地喊了一声'小姐'，便已是满堂喝彩，竟把演白蛇的衬托得有些老成木讷起来。"②这一段对筱丹凤扮演青蛇一角的描写，非常传神地写出了这位越剧名角的柔媚与神韵。此外，张翎对于越剧的唱腔、行头、演员的生活等也进行了生动的描写。

婚丧嫁娶最能体现一个地方的风俗民情。张翎在《雁过藻溪》中描写了一场别具温州特色的葬礼。在末雁把母亲黄新月的骨灰送回乡下安葬的路上，要经过四个凉亭，每一个凉亭前都有人放鞭炮，有一群穿着麻布孝服的族亲在凉亭前等候；看见骨灰盒要下跪，至亲的人要穿麻衣而不能戴黑纱；凉亭正中放着死者的放大照片，一个至亲会把一杯茶水倒入泥土请死者喝茶，然后众人就哭，这是凉亭哭灵。死人下葬的第七天要祭祀哭泣，这叫"哭七"，也叫"过七"。这一天还会有唱鼓词的人不请自来，在死者家门前支起鼓，通过鼓词的

---

① 列夫·托尔斯泰：《列夫·托尔斯泰日记选》，中国社会科学院文学研究所编《古典文艺理论译丛》（第一册），人民文学出版社 1962 年版，第 198 页。

② 张翎：《邮购新娘》，华东师范大学出版社 2009 年版，第 34 页。

形式,唱死人的事。给的钱多,就唱死人的好事,给的钱少或不给钱,就把死人生前的丑事都抖搂出来,所以,一般人都不敢得罪他们。在小说结尾,苍凉而凄惶的温州鼓词,伴随着黄信月的灵魂,在空中回荡,无形中增加了小说的韵味。

在这篇小说中张翎还描写了具有温州特色的墓葬形式。"墓地里一共有二十五座墓穴,分成三排。……坟盖一溜朱红色的琉璃瓦,瓦角有兽头。墓穴之间是五彩砖墙,砌的是十字元宝花纹。三排之间各有一长条水泥平地,也是雕满了福寿图形的。远远看去,竟像是旧式人家的三进住宅,东厢西厢正宅天井大院,样样具备,只是没有门。非但没有那想象中的阴森气象,反倒有几分富贵喜庆的样子。"温州人对墓葬历来非常重视,这源于温州人的一种抱团意识。历史上温州人大多聚居在平均海拔不到 5 米的滨海平原上,这里又是山洪、海溢的重灾区。为了建设抗灾的大型水利工程,必须积聚民间的集体力量,从而形成了温州人强烈的抱团意识。这种意识还表现在将死人与活人抱在一起,阴阳两界共同负担创造财富责任的墓葬习俗上,这种习俗称谓"二次入葬",即人死之后停棺不葬,即使入圹安葬了,也要在若干年之后开棺拾骨瓶葬。"一旦人丁不旺、聚财困难、家宅欠安,民间认为祖坟有碍,另择吉穴;一旦添丁聚财,就认为'祖公有力',重修祖坟为椅子坟,让族公'坐到'太师椅上享受福贵。"[①]温州市移风易俗办在 1987 年 9 月至 11 月进行过为期两个月的调查,发现仅在 104 国道线乐清至苍南 200 千米之内,就有椅子坟 118725 座,可见温州人对墓葬的重视。[②] 墓葬习俗是一个地区人们生活观念的体现和现实生活的折射,更是一种社会文化现象。

庙会是指在寺庙附近聚会,进行祭祀、娱乐和购物等活动,是民间广为流传的一种传统民俗活动。庙会期间,各地的民众都聚集到这里采购需要的物品或看看热闹。在《邮购新娘》中,作者形象地描绘了一场在温州市西郊举行的庙会。那天摊贩云集,有卖干海货的,有弹棉花的,有吹糖人的,热闹非凡。来到温州不久的传教士保罗·威尔逊,带着女孩银好(后改名路得)去逛庙会。

---

① 林亦修:《温州族群域区域文化研究》,上海三联书店 2009 年版,第 55 页。
② 林亦修:《温州族群域区域文化研究》,上海三联书店 2009 年版,第 379 页。

"洋番在一个小贩跟前停下了。那是一个糖人师傅,正用一根细细的管子吹糖人。腮帮一吸一鼓手指一搓一捻之间,一个膏肥肠满憨傻万分的猪八戒跃然而出。"

民风民俗、方言土语、传统掌故等独特的人文景观是地域文化的主要表现形式。它能够经受住时间的陶冶、战争的劫难,体现出文明的绵延性和生命力。正是这些具有鲜明特色的民俗描写,无形中增强了张翎小说的地域特色。

俗话说,一方水土养一方人,文如其人,人如其文。地域与文学有着千丝万缕的联系,作为创作主体的作家,也多受地域文化的熏陶,这是其精神原乡和人文素质的基因来源。从温州移民出去的女作家张翎,她的血液中浸透着温州文化的内在意蕴,她的性格中有温州人共有的文化性格,她的作品中有很多温州元素。在她的作品中,不仅展现了温州的历史风貌、温州的山水景物、温州的风俗民情,还塑造了多个生动典型的温州女性形象等。美国小说家赫姆林·加兰指出:"显然,艺术的地方色彩是文学的生命力的源泉。是文学一向独具的特点。地方色彩可以比作一个无穷的、不断涌现出来的魅力。我们首先对差别发生兴趣;雷同从未能那样吸引我们,不像差别那样有刺激性,那样令人鼓舞。如果文学知识或主要是雷同,文学就要毁灭。"[1]张翎的小说之所以具有深厚的底蕴、独特的魅力,与地域文化的滋养以及她在小说中有意无意彰显出的温州文化元素,有着不可分割的联系。也可以说张翎的作品全方位地体现了温州地域文化对其小说创作的影响。

(原载于《当代文坛》2014 年第 4 期)

---

[1] 〔美〕赫姆林·加兰:《破碎的偶像》,刘保瑞译,《美国作家论文学》,生活·读书·新知三联书店 1984 年版,第 84 页。转引自梁适编:《中外名言分类大辞典》,复旦大学出版社 1997 年版,第 805 页。

於梨华小说《梦回清河》的地域特色

　　於梨华是海外华文文学的重量级作家，1953 年留学美国。1956 年以英语作品《扬子江上几多愁》参加米高梅公司设立在洛杉矶分校的创作比赛，获得了一等奖。1956 年到 1959 年，於梨华尝试用英语创作了几部文学作品，但都被杂志或出版社退回。于是，她开始从自己熟悉的家乡童年生活中寻找创作的题材和灵感，经过艰苦努力，终于在 1961 年完成了第一部用母语创作的长篇小说《梦回青河》。1963 年该小说在台湾最流行的杂志《皇冠》上连载，并再版了六次，同时，被香港邵氏公司购得电影制作权。此后，於梨华创作了几十部反映中国留学生在海外生存境遇的长中短篇小说，成为台湾文坛的"四大名旦"和"留学生文学鼻祖"。这些成就的取得《梦回清河》功不可没。

　　目前，关于《梦回青河》的研究有王国柱的《略论於梨华〈梦回清河〉的艺术成就》、杨雅雯的《评析〈梦回清河〉中人物的悲剧形态》和张娟的《试析於梨华小说〈梦回青河〉性意识的潜意识萌芽》三篇论文，它们分别就《梦回清河》的艺术成就、人物的悲剧形态和女性意识的潜意识萌芽等方面展开论述。而对特定地域产生的思想观念、风俗民情对小说人物命运悲剧产生的影响，以及作者如何表现这些地域元素的研究尚不够深入。本文试图从"地域"视角解读这部小说。

一　通过环境描写展现浓郁的地域风情

　　环境是小说的三要素之一，它是那种"形成人物性格，'并促使他们行动的'客观条件"[①]。环境描写包括社会环境和自然环境，它既为人物活动提供了

---

　　①　童庆炳：《文学概论》，武汉大学出版社 2000 年版，第 203 页。

表演的舞台;也能交代故事的背景、渲染气氛;还对深化作品主题、推动情节的发生发展起着重要的作用。因此,在小说的创作过程中,环境描写常常是作者凝聚心血最多的部分之一。於梨华在创作《梦回清河》时也是如此。

作为一部描写家族的小说,《梦回清河》无疑受到《金瓶梅》《红楼梦》等人情世态小说的影响,尤其是后者。这两部小说都是以一个家庭的兴衰为主线,上下勾连、内外结合,建构起一幅上至朝廷、中及官场、下至一般民众的立体图画,通过刻画家庭成员之间的复杂矛盾、几位主人公的悲惨命运,揭示人性的复杂、朝廷的腐败以及社会的黑暗。於梨华的《梦回清河》以抗战时期敌占区镇海乡下林氏家族三位表兄妹之间的爱情纠葛为主要线索,同时穿插了几对成人之间纠缠不清的矛盾,反映了抗战时期敌占区人民生存的艰难,控诉了日寇入侵给中国民众带来的灾难。因《梦回青河》具有家族小说的特色,被称为"民国时期的《红楼梦》"。但是,《梦回清河》与《金瓶梅》《红楼梦》相比有自己的特色,那就是在环境设置上明确故事发生的地域是在宁波镇海。《金瓶梅》的故事是从《水浒传》的武松杀嫂引出的,小说写明两位主人公武松、西门庆都是山东清河县人,很多读者以为故事发生的地域在山东,其实清河县在北宋的时候属于河北恩州,这一点在元脱脱的《宋史》(中华书局1975年版,第2125页)中有明确的记载。因为这部小说是借发生在北宋末年的人和事来暗讽明朝的严嵩和严世蕃父子,作者为了避祸,其故事发生的地域是不敢坐实的。《红楼梦》也是如此,曹雪芹为了不触怒当朝皇帝,不但宣称这部小说中发生的故事是虚构的,而且在涉及故事发生的地域时,故意把江南景色与北方景色进行穿插描写,使读者搞不清故事发生的具体地域,无法对号入座。而於梨华的《梦回清河》则不同,首先,她写这部小说的时候已经到了美国,不存在政治上的迫害问题。其次,这部小说主要描写抗战期间敌占区林氏家族成员的情感悲剧和矛盾冲突,战争是主要原因,所以这也是一部控诉日本侵略者罪行的小说。再次,小说中所涉的内容大部分是她自己的亲身经历,有些人物、建筑都在现实生活中存在。如里面写到的大姨,20世纪70年代中美关系解冻之后首次来到大陆的於梨华还去看望过她;里面写到的王新塘王家大屋现实生活中称为杜家大屋,仍在北仑新碶存在;作者当时读书的镇海中学、鄞中等至今还在,只不过鄞中已改为宁波二中。

不仅如此，作者在叙写这个林氏大家族在战争中所遭受的苦难，定玉等三位年轻人的情感纠葛时，穿插描写了很多宁波镇海乡间的自然山水景色，无形中又增强了这部小说的地域色彩。

如作者自己家乡的青河："坐在最高的一个石阶上看对岸的树林。树林的变化很多，早晨来看时，太阳刚升起，照得树林一片霞红，傍晚来时，树林又似披了白纱，迷迷蒙蒙一片。"①河对岸的树林，在晨昏交错的光合变化中十分美丽。

王新塘大姨家后门的水塘："到大姨家后塘对面的堤上时，只有一细条夕阳懒懒地卧睡在墙角上，半个身子斜在塘面上，塘里水一动，夕阳就软软地伸着懒腰。等我们走完河堤，向右转了两个弯来到大姨家门口时，那一丝夕阳已从塘上卷起，照在那扇暗红细漆的小门上了。"②水塘上的夕阳慵懒、柔和，简直要把人的神经也融化了。

定玉读高中时的鄞中："鄞中在城西，校址坐落在一个小湖中央，只有一条弓背的绿色木桥连到岸上，远看起来校址像一个独立在湖中的小亭，很有风致。"③这座桥至今还在，成为这个中学的一个标志。

当然，作者不是为写景物而写景物，除了对几个年轻人的命运表示同情和对一些成年人之间因为义利而纠缠不清表示悲悯之外，她对日本侵略者蹂躏家乡民众的恶行切齿痛恨。所以她把故事发生的社会大环境设置在1936年底至40年代初期抗日战争最严酷的时间里。宁波镇海大碶等地，河海交接，水陆交通便利，气候宜人，物产丰富，是典型的鱼米之乡。小说中涉及的林氏家族都过着平静、安逸的生活，林家桥外婆家的住房宽敞气派，东西两厅连接正房，形成一个"凹"字形的大院子，两厅对着院子的是两排落地的大格大玻璃窗，家里摆着精致的红木家具。王新塘大姨家是当地有名的大财主，拥有当地最有气派、最壮伟的一幢大房子和说不清的财富。定玉自己的家虽然稍显清贫，但也有田地出租，且父亲学成回国之后在上海某大学教书，在清河乡也是很有地位的。但是，日寇的入侵使得生活在这片土地上的民众饱受炸弹的轰

---

① 於梨华：《梦回青河》，湖南文艺出版社1987年版，第46页。
② 於梨华：《梦回青河》，湖南文艺出版社1987年版，第60页。
③ 於梨华：《梦回青河》，湖南文艺出版社1987年版，第84页。

炸，失去了生存的家园。这种自然环境与社会环境互相衬托的手法不仅加深了小说的思想深度，也提高了作品的艺术魅力。

於梨华之所以选择故乡童少年时期的生活作为小说创作的题材，主要原因在于於梨华离开中国台湾到美国留学之后，在生活中处处遭受歧视和打击，使她十分思念家乡，用她自己的话说："离开宁波时，我已经十六七岁了，完全知道家乡当时的情形。在外时间越久，思念家乡越深。人在国外，无论有多少成功也无法摆脱对祖国的思念，乡愁就像一条绳子，始终捆住了我的心……"①在她的记忆中，故乡有"弯弯的月亮、清澈的小河、斑驳的拱桥、古老的村落、炊烟袅袅，桨声欸乃，河埠头，阿姆抡着棒槌，发出'啪、啪'的捣衣声……"但由于当时回不去祖国大陆，只能用文字寄托思念之情。另一个原因是 1956 年於梨华获奖之后用第二语言英语创作的几部英文小说没有被美国文学界所接纳。

於梨华的祖籍在镇海大碶镇横河乡河南村，其故居叫"诗文台"，是那个时代的书香门第。她的父亲叫於升峰，是这里唯一的法国留学生，学成回国之后在上海光华大学教化学。於梨华 1931 年出生于上海，抗战爆发后，她随父母逃回故乡，并就读于大碶横河的公德小学。在这个村落旁边有一条河叫横河，上面有两座桥，一座叫南桥，一座叫北桥，河边还有一家杂货店，於梨华在这里生活时经常来，对其印象十分深刻。

不过，於梨华在大碶横河乡河南村只住了一年，之后，就随父亲辗转到福建南平、湖南衡阳、四川成都附近的广汉等地生活。抗战胜利后，他父亲被国民党政府派到台湾去接收糖厂，她与母亲再次回到大碶横河，不久在镇海中学读初中，又到鄞中读高中。於梨华把这些经历以及地名都真实地描写在小说中，虽然在赵、林、王三家之间的距离上做一点改变，把他们家与外婆、舅舅家的距离设计为 20 里，实际只相距 2 里路；把他们家与大姨家的距离设计为37—38 里，实际只相距 5 里路，但没有逃出镇海大碶的范围，而且这样的布置有利于作者详尽描写该地域村外有河流、村内有水塘、出入可坐船、塘边可浣衣的水乡典型特色。

---

① 郑建军：《与於梨华一起"梦回青河"》，《宁波日报·四明周刊》2005 年 3 月 8 日。

二 紧扣地域特色设置人物之间的矛盾

在《梦回清河》中,作者不但坐实了故事发生的地域,而且还试图通过人物的活动还原该地域历史的真实,因而在设置人物之间的矛盾时紧紧扣住这一地域的特色。

首先,紧扣时空上的地域特色设置矛盾。林、赵、王三家本来各自生活在相距 20—30 多里的乡间,生活安逸平静。可是日寇侵略上海的八一三战争爆发之后,定玉父亲赵俊明逃回家乡,他不但自己来了,还把与自己的情人翠姨也带来了,于是夫妻之间开始了长达两年的冷战,家庭成为冰窟。如果上海与宁波之间相隔千里,交通不是那么便捷的话,这样的家庭矛盾就不会这么快发生。

其次,紧扣思想观念上的地域特色设置矛盾。宁波在唐朝就开始设州,州治所在地就在三江口,这种依海傍江的天然地理优势,使宁波在唐朝就成为浙东的物资集散地。而 1842 年成为"五口通商口岸"之一之后,商业规模越来越大。"宁郡镇海海关外省直隶山东,本地通杭绍台温处多处。如南船常运糖靛板果白糖胡椒苏木药材海蜇杉木尺板……如北船常运蜀楚山东南直棉花牛骨桃枣诸果、坑沙等货。"①如此繁荣的商业往来,衍生出了收购、运输、食宿、餐饮等许多副业,使城市人口迅速增长、城市规模不断扩大,经商崇商风气日渐盛行,以至于"城区街道巷弄多以集市、店铺、商号集中地冠名,如木行街、药行街、羊行街、卖饭街、卖席街、米店弄、笔点弄、鼓店巷、帽店巷……,有的延续至今。也有以市集集期冠名,如南门三市"②。在这些商业活动中,有的人一夜暴富,有的人破产倒闭,金钱的重要性越来越彰显出来,对周边地区人们的生活观念和方式的影响也越来越大,以至金钱至上观念深入人心,成为衡量一切的标准。在这一观念作用下,经商成为宁波人的一种习俗:"本邑为通商大埠,习与性成,兼之生计日绌,故高小毕业者,父兄即命之学贾。而肄业中学者,其志亦在通晓英、算为异日得商界优越之位置,往往有中学不逾时即改为商。即使

---

① 王荣商:《镇海县志·关税卷六》,《民国刊本》1931 年版,第 61 页。

② 宁波市地方志编撰委员会编、俞浮海主编:《宁波市志·风俗》(第三册),中华书局 1995 年版,第 2836—2837 页。

大学毕业或自欧美留学而归者,一遇有商业高等地位,亦尽弃其学而为之。"①

　　於梨华对这种金钱至上的思想观念和经商成风的习俗十分了解,并据此设置了第二组矛盾。八一三事件之后半年,日本鬼子通过偷袭的方式攻陷了镇海。日本鬼子的一把大火,把林家桥外婆、大舅家的房屋烧毁,两家十分之九的细软财物被烧掉,外公外婆和大舅一家被大姨德贤接到了王新塘。而赵俊明因为要回上海教书赚钱,他不放心把家人和翠姨留在已被日寇占领的清河乡,也把他们一起送到王新塘德贤家。战争把本来分散的三户人家聚集到了一起,从而为各种矛盾的产生创造了条件。在这个暂时聚集的家庭里,外公外婆因为财产尽失而失去应有的地位和分量,外婆在家里时虐待媳妇、纵容儿子酗酒吸食鸦片、苛待丫鬟桂菊的霸道劲已经消失殆尽,外公虽然对于家庭每一位成员的个性现状十分了然,但也不敢多言。唯有德贤仗着父母、弟弟、妹妹都暂时依靠她而变得飞扬跋扈,她不但肆意虐待前妻之女美云,在众目睽睽之下与弟媳之弟马浪荡勾勾搭搭,而且纵容自己的儿子祖善欺负美云、勾结汉奸、与翠姨乱伦。这些行为背后的根本原因就是她有钱,无论是曾经拥有财富的外公外婆,还是学成归国拥有大学教席的赵俊明,以及在上海滩开南货店的林德良,都对她无可奈何,至于夫妻失和的定玉母亲德贞更加没有发言权。这种有钱就是一切的思想观念,已经成为当地民众的一种集体无意识。出生于大碶王隘村的中国现代乡土文学中坚作家王鲁彦在《黄金》等乡土小说中也有过很深刻的揭示。

　　如果说前面设置的矛盾结构还比较平面化,那么围绕大舅林德良设置的矛盾冲突可谓这部小说中最能彰显地域特色的部分。作者让他勾连起了整部小说的矛盾纠葛。首先,让他最早得知赵俊明在上海玩弄舞女这一事实,并最早把这个消息透露给妻子与父母。导致在弟弟的葬礼上,因为外婆逼迫女佣桂菊喝痰盂里的东西,赵俊明打抱不平,被外婆在痛骂中说出了他在上海玩舞女的事实,使他们夫妻之间的矛盾过早爆发。林德良之所以会讲出来,是因为赵俊明自从玩上舞女翠姨之后,开销骤增、入不敷出,经常向他借钱,他因此鄙

---

① 宁波市地方志编撰委员会编、俞浮海主编:《宁波市志·风俗》(第三册),中华书局1995年版,第2836—2837页。

夷赵俊明的人格,觉得这种大学教师还不如他做小生意的会赚钱持家,回家以后抑制不住地向妻子儿女悄悄炫耀。其次,成为王美云悲剧的间接推手。严格来说,林德良不是十恶不赦的人,他也经历了很多人生的磨炼,十几岁就被送到上海去做学徒,学成之后虽在上海做生意,因所赚不多,所以远没有姐姐德贤在父母心中地位高。平时他对于定玉、美云两个外甥女都不错,对定玉更偏爱一点,他知道定玉与国一在恋爱,却从不干预。抗战爆发之后,林德良无法在上海继续做生意,家里的房屋以及大部分财产又被日本鬼子的一把大火烧毁,虽然在亲姐姐家里暂时找到了安身之所,但也要处处看她的脸色,这种寄人篱下的压抑生活使他很痛苦也很无奈,因而更加意识到金钱的重要性。为了生存,他想东山再起,但囊中羞涩,告贷无门,于是他想到了外甥女美云那笔已逝父亲留给她的嫁妆,他知道定玉很爱国一,但为了这笔钱,还是狠心拆散了这对恋人,而让国一与美云订婚。这种做法,遭人唾骂和嫉恨。定玉因此伙同王祖善报复美云,他们先是让马浪荡在正月初一把美云抢走,美云成功脱逃之后,又在清明前夕在定玉家里让马浪荡奸污了美云,以致美云受辱后自杀。林德良的行为体现出金钱至上思想观念的危害性,在彰显地域特色方面比描写自然山水景色更深了一层。

三　与地域特色相融合的艺术手法

(一)运用具有滨海特色的村名、地名

镇海地处海边,不但河流、水塘众多,民众还建设了很多桥、碶、堰、埠等水利设施,以利交通、灌溉和拦海导流。当地很多村名、地名都以这些水利设施或河、塘命名,从而带有很强的水乡特色。《梦回青河》中林氏家族的三户人家就分别住在林家桥、王新塘、青河乡,三个地名中各自有一个与水利设施或水有关的字,小说中还出现了"董家埠""桥头"等村名。王鲁彦的笔下也有很多以水利设施命名的村庄,如傅家桥(《愤怒的乡村》),王家桥、小碶头(《许是不至于吧》),陈四桥(《黄金》)等;甚至《桥上》《河边》等小说更是直接用具有水乡特征的名字命名。於梨华在小说中多处运用具有水乡特色的地名,无形中彰显了该地独特的文化。

（二）运用具有地域特色的方言

"方言是某一个区域的特有人群经过长期创造、约定而凝结起来的源于民族共同语又不同于民族共同语的特色语言。"①它既积淀着该地域悠久而丰富的历史文化内涵，也反映着该地域特有的民情和风俗。方言运用得好有助于塑造出鲜活生动的人物形象、展示当地特有的风土人情、增强作品的艺术感染力。所以胡适曾说："方言的文学所以可贵，正因为方言最能表现人的神理。通俗的白话固然远胜于古文，但终不如方言能表现说话人的神情口气。古文里的人物是死人，通俗官话里的人物是做作不自然的活人；方言土语里的人物是自然流露的活人。"②宁波地区在春秋战国的时候属于百越，方言很多，但多入声字和叠音字，音调高亢。於梨华在小说中运用了"吃生活""光火""见眼变色""坏胚子""看得眼里出火""眼睛生在额角上""吃瘪""结棍""调枪花""笨小娘""一身湿溚溚粘唧唧""他的话就有好几桶滚滚流流""破屋落瓦"等众多方言，不但活色生香地描写了人物的动作、形态，而且增强了小说的地域特色。

（三）描写具有特定地域特色的风俗

风俗礼仪是"人民群众在社会生活中世代传承、相沿成习的生活模式，是一个社会群体在语言、行为和心理上的集体习惯"③。作为百越之地的宁波，在秦汉以来"尚多各种迷信祭祀，民祭山神河神，家祭门神灶神，禁忌、巫祝、厌祝、招魂尤见流行……"④而且，这里的民俗礼仪中都带有较强的经济因素，王鲁彦、苏青笔下就出现过很多带有经济色彩的风俗。於梨华小说中描写了人死之后请和尚念经超度死者灵魂和正月初一请人跳花脸或大头和尚以欢度春节两种风俗。不过作者不是为写风俗而写风俗，前者是为了批判外婆的愚昧。后者是因为跳花脸要戴脸罩，祖善及马浪荡就利用这一点，让凶手混淆在里面，然后在定玉的配合下，故意接近王美云把她抢走。

总之，《梦回青河》这部民国时期的家族小说，通过具有浓郁地域风情的环境描写、在人物活动中试图还原该地域的历史真实，以及在艺术手法中渗透众

① 陈英群：《阎连科小说创作论》，郑州大学出版社2010年版，第211页。
② 胡适：《胡适文集》（第4卷），北京大学出版社1998年版，第408页。
③ 钟敬文编著：《民俗学概论》，上海文艺出版社1998年版，第25页。
④ 曹屯裕主编：《浙东文化概论》，宁波出版社1997年版，第230页。

多地域元素等手段,抨击了人性的愚昧、冷酷、自私,也揭露了日寇侵略的罪行,不但有家族层面的意义,也具有丰富的地域内涵。

(原载于《宁波大学学报》2017 年第 1 期)

"非虚构"小说的乡村叙事艺术

——以孙惠芬《生死十日谈》为例①

　　"非虚构"一词是一个舶来品,顾名思义和"虚构"相对,从广义上讲,一切以现实元素为背景的写作行为,都可称为"非虚构"写作。"它受制于生活的事实,它不能天马行空般地自由想象,不能对生活改变与随意添加,必须遵守'诚实写作'的原则。"②这一概念产生于20世纪60年代,美国著名作家杜鲁门·卡波特以一次真实的谋杀案件为原型,加之侧叙、特写镜头、闪回等具有电影效果的表现手法,创作了长篇纪实文学——《冷血》,开启了"非虚构"创作的先河。白俄罗斯女作家阿列克谢耶维奇立足于80年代苏联核爆炸这一真实事件,利用三年时间走访受害者群体,创作了《切尔诺贝利的回忆:核灾难口述史》一书,显示出高度的人类关怀和社会责任感,荣摘2015年诺贝尔文学奖桂冠,成为"非虚构"小说的优秀代表作。"非虚构"一词正式引入中国,源于20世纪80年代王晖、南平等专家学者对外国"非虚构"小说的译介。此后,《中国作家》《钟山》等杂志纷纷开创"非虚构"创作专栏。2010年,《人民文学》顺应文学潮流的发展推出了"非虚构专栏",收录了孙惠芬的《生死十日谈》、梁鸿的《中国在梁庄》、李娟的《羊道·冬牧场》等11部"非虚构"长篇小说。在《人民文学》的倡导下,众多媒体、学者积极制定"非虚构"写作计划,大量的评论文章也应运而生,产生了明显的社会效应。在众多的"非虚构"小说作品中,《生死十日谈》受到了极大关注。孙惠芬随一个心理调查小组进入家乡"翁古城",深入了解每一个自杀者的生存境遇,探寻自杀原因,力图勾画出一个真实可感、

---

① 第二作者:刘阳,宁波大学人文与传媒学院2018级现当代文学专业硕士。

② 冯骥才:《非虚构写作与非虚构文学》,《当代文坛》2019年第2期。

立体多维的乡村图景。在此同时,引入了多个"不可靠叙事者",让他们自由言说,形成了众声喧哗的民间话语策略,营造出了极具张力的复调效果。除了这些丰富的内部叙事机制,在小说的整体结构上,呈现出"去而复回"的环形模式。孙惠芬利用别具一格的叙事策略将乡村个体生命境遇描绘出来,不仅丰富了小说的思想内涵和表现形式,还给读者带去独特的审美感受。

一 叙事姿态:呈现故事"真实性"

"非虚构创作的立足点是'写真实',真实性是作品的生命,离开了真实,非虚构创作也就失去了存在的基础。"[①]孙惠芬就是秉持着"还原真实"的原则,以实际行动介入农民生活,深入了解农民的真实生存状况。"在乡村写作中,我们需要看到的不仅仅是乡村社群的现实,还要看到观察者在其中的位置及其态度,这也是那个被探索的社群的一部分。"[②]在《生死十日谈》中,自杀案例驳杂,人物众多且互不联系,除了调查团队,没有一个恒定的主人公,对故事真相的探查是以"自杀"为线索在持续不断地追问中展开的。比如开篇故事"一泼屎要了两个人的命",讲的是婆媳在日常生活中因矛盾恶化引发的惨案。叙事首先捕捉到的场景不是荒芜贫瘠的土地,而是"一座外表相当气派的房子,青石灰瓦,院墙高筑"[③]。显然,这悲剧在贫穷和饥饿之外另有原因,调查团队带着疑问采访到了第一个目标人——死者的公公。老婆和儿媳接连死去,本应悲痛欲绝的他"来到摄像机前,目光扫向我们,却顿时有了精神,仿佛早就知道在某个时候,他就该是一场戏的主角。这令我深感意外"[④]。在深入考察这个案例后,作者发现在灾难来临时,自杀遗族承受痛苦的能力超乎想象。又如"第三日"中提到的"大学生耿小云"事件,耿小云父母自顾沉浸在丧女之痛中,对女儿自杀的原因只字不提。"她到底是怎么死的?为什么要死?她经历了如此的奋斗,燃起了如此希望,她怎么会放下这一切?"[⑤]于是,层层的追问在一

---

① 王光利:《非虚构写作及其审美特征研究》,《江苏社会科学》2017年第4期。

② 雷蒙·威廉斯:《乡村与城市》,韩子满、刘戈、徐珊珊等译,商务印书馆2013年版,第232页。

③ 孙惠芬:《生死十日谈》,人民文学出版社2013年版,第7页。

④ 孙惠芬:《生死十日谈》,人民文学出版社2013年版,第8页。

⑤ 孙惠芬:《生死十日谈》,人民文学出版社2013年版,第52页。

系列的意外感受中迸发出来,"太疼了,不是人受的滋味",耿小云父亲的回答,让我们看到他想要知道真相却又无法面对真相的无助和绝望。正如美国非虚构写作大师杰克·哈特所言:"戏剧性的故事结构由一连串按特定顺序排列的谜题组成,这些谜题可大可小,作家应充分利用它们的不同,从小到大逐步解开,将最大的谜题留到最后揭晓。"①孙惠芬在采访死者家属时,正是利用这种"连环追问"的方式解开自杀的谜题,不仅引导着自杀遗族还原事情真相,也使文本的思想内涵在真相被揭开的过程中愈发厚重。

除了采访到的是真实的人物事件,作者在创作时也投射了强烈的真情实感。刘勰在《文心雕龙·情采》里将《诗经》和《汉赋》做比较,认为后者刻意夸张雕作,有"以文造情"之嫌,令人"味之生厌"。②而"非虚构"小说作家则是"为情而造文",将自己的亲身经历和真实感受投注于文本的字里行间。在小说中,孙惠芬勇敢地和自杀遗族站在一起,跟随牧师祷告,听着如潮水涌动的哭声,"我也泪流满面,我其实早就止不住泪水了。这泪水不是痛苦,不是悲伤,是感动,或者说是感激,可又不仅仅是感激,我好像在倾听中看到自己的过犯,感受了自己的患难,开启了自己的渴望"③。这一席内心的旁白不仅是对苦难者精神的悲悯,同时也是作者对自己心灵的追问与自省。正如她所说:"是这些丰富而杂乱的非虚构材料,让我有了一次有如在秋天的旷野中奔跑的倾情想象和书写。"④

为了展现真实的自杀遗族的生活镜像,孙惠芬实地调查、深度介入,面对一个个陷入物质、精神双重困厄的家庭,利用执着的"层层追问"的方式不断递进,直到叩击自杀遗族的灵魂深处,加之作者富于真情实感的诗性书写,这种"内省"与"外察"并行的行文风格共同扩展了文本的思想外延,最终使农民自杀的致命症候浮出水面。这种叙事姿态既有效地还原了故事的真实情景,增强了小说的感染力,又易于引发读者对生命哲理的终极思考。

---

① 杰克·哈特:《故事技巧:叙事性非虚构文学与作指南》,叶青译,中国人民大学出版社 2013 年版,第 28 页。

② 黄侃:《文心雕龙札记》,中国人民大学出版社 2004 年版,第 45 页。

③ 孙惠芬:《生死十日谈》,人民文学出版社 2013 年版,第 179 页。

④ 何晶、孙惠芬:《我想展现当代乡下人的自我救赎》,《文学报》2013 年 1 月 24 日第 5 版。

二　叙事话语:"不可靠叙事者"的干预

美国文学批评家韦恩·布斯首次提出"可靠叙事者"和"不可靠叙事者"的概念,并对其作了区分:言语或行动与作品常规(指隐含作者的常规)相一致的叙述者是"可靠的叙事者",不一致的叙述者是"不可靠的叙事者"①。在《生死十日谈》中,孙惠芬为了更好地掌握叙事权威,带领读者跟随自己在乡村世界里穿梭,闻其所闻,听其所想,主要选择第一人称"可靠叙事"的视角。但是孙惠芬考虑到,虽然这种"可靠的叙事"能够拉近读者和文本的距离,但难免也会把读者限制在狭窄的视野里,招来质疑。一方面,知识分子"他者"身份能否真正地为底层代言是个众说纷纭的问题。南帆曾认为:"文学企图表述底层经验,但是,身为知识分子的作家无法进入底层,想象和体验底层,并且运用底层所熟悉的语言形式。"②再加上陈旧的乡土经验难以适应时代新变,孙惠芬在接受采访时也承认对今日的乡村"已经相当的不了解"。另一方面,女性身份的特殊性一定程度上也会限制孙惠芬文字的宽度和厚度,难以对"自杀"现象作出理性客观的判断。因此,为了弥补单一的"可靠叙事"的局限,带领读者更全面、更深入地窥探乡村,孙惠芬精心地塑造了一些"不可靠叙事者"参与到文本中,利用"不可靠叙事者"的复调叙述向读者展示叙事人与作者观念上的差异,由此产生反讽的张力,使主题在曲意幽深中得到升华。

正如在"第六日"中提到的一个复杂的自杀案例:姜立修在外打工时结识了女人"百草枯",带回家乡之后因自家住房紧张而住到堂哥姜立生家中,后来姜立修发现"百枯草"和堂哥两人偷情,感觉有辱颜面,含泪自杀。从此"百草枯"闭门不出,姜立生又在县城打工,作者无法接近当事人,导致采访之旅受到了阻碍。于是,一个"不可靠叙事者"——"咬钢嚼铁能说会道"的二嫂登场了,说"百枯草""是见了男人就拉不动腿那种人","都说她是妓女","千人指万人骂的主"③。在二嫂"义愤填膺"的声讨中不时还掺杂着左邻右舍的"添油加醋",在众声喧哗的议论之中,"百草枯"的形象渐渐丰满、立体起来。但是扑朔

---

① 韦恩·布斯:《小说修辞学》,付礼军译,广西人民出版社 1987 年版,第 73 页。
② 南帆:《底层:表述与被表述》,《福建论坛》(人文社会科学版)2006 年第 2 期。
③ 孙惠芬:《生死十日谈》,人民文学出版社 2013 年版,第 115 页。

迷离的情节不得不让作者怀疑,因此执意要采访当事人,最后从姜立生口中得知真相,他和"百草枯"确实是因为爱情走到一起,可姜立修一死,无论是道德还是情感上他们都无法逃脱罪责,于是萌生在他们之间的爱情灰飞烟灭,两人只是背负着沉重的道德罪名搭伴过日子。虽然二嫂之流并不了解事情真相,与作者的常规背道而驰,但这样一个"不可靠叙述者"的出现对于展现故事情境的客观性、满足读者的猎奇心理起到了重要的作用。

美国著名的写作培训师雪莉·艾利斯认为"'非虚构'文学作品的叙述者用四平八稳、小心谨慎、语法完全正确的句子讲述的故事,和用杂乱无章、生活化的俚语讲述的故事,一定会带给读者不同的感受"①。所以除了"二嫂"的形象之外,"第九日"中,横冲乱撞的"王正清老婆",隐瞒实情的"三哥";"第七日"中油腔滑调的杨柱;"第九日"中自恃聪明的杨萍都是孙惠芬刻意设置的"不可靠叙事者"。在他们个人讲述的字里行间充溢着未经修饰的心声吐露、肆意飘洒的方言俚语,作者在向我们展现翁古城镇人生百态的同时,也使每个人物故事呈现出盎然的生命活力,给读者以身临其境的体验。"可靠叙事者"和"不可靠叙事者"的交替登场,有效地避免了因固守某一个叙述立场带来的偏颇,乡村的生命肌理也在精心的叙事设计中得以慢慢呈现。

三 叙事结构:"去而复回"的环形叙事

小说《生死十日谈》不仅具有丰富的话语机制,从整体的叙事结构上看,还表现出一种"去而复回"的环形模式。孙惠芬从滨城回到"陌生的"的翁古城故乡,目的是想深入接触自杀遗族,通过与他们的对话交流,探寻死者自杀的原因。访谈活动结束后,孙惠芬又返回城市,将一个个真实的自杀事件,自杀遗族的精神面影,作者内心的困顿、悲悯、痛苦情绪付诸笔端。这在整体的文本叙述上呈现一种"环形"结构。这种技巧在一定程度上沿袭了鲁迅"离乡—归乡—再离乡"的叙事模式。从小说一开始,作者自述道:"我不但不喜欢从生活里挖掘悲剧,连艺术里的悲剧也要躲避,要不是树华一次又一次动员我们,我

---

① 艾利斯:《开始写吧! 非虚构文学创作》,习克利译,中国人民大学出版社 2011 年版,第 183 页。

很难跨出这一步。"①确实，孙惠芬离开家乡数十载，与城市现代文明相隔的故乡，显现出凋敝、颓废的底色，面对这一个个悄然陨落的生命，内心自然难以接受这"陌生"的故土。当听到研究生聊起残酷的自杀事件后，孙惠芬与故乡的隔膜亦如鲁迅与"成年的闰土"般厚重，再加上一开始村干部对调查活动的极力反对，孙惠芬不得不安慰自己"已经来了，已经没了退路"。

在接下来的访谈过程中，孙惠芬以连接回忆与描摹现实两条线索来交织叙述。"回忆录作家在选择阐明一段特殊的回忆时，其实是在创造自己的身份，即重塑自己的身份认同感。"②例如在采访"张小栓母亲"时，听到老人一辈子生了四个孩子都死掉了的遭遇，便联想到自己唯一的姐姐在五岁时意外吞一只鞋卡子致死，母亲也是哭了好多年。"老人的眼泪哭干了，我的眼泪却掉下来了。"③其实，孙惠芬在重温儿时经历时，也在尝试着去理解记忆中的母亲形象和她蕴涵的情感之间的关系。最后，小说的结尾，调查活动结束了，作者离开翁古城回归滨城前对采访的目标人的亡灵做了一次祭拜仪式，"我们跪在地上，双手合十，看着香火、烛火静静的燃烧，静静的闪烁，在心里默默祈祷"④。这种准备离开村庄回归都市时对故土生命的悲悯、对已逝灵魂的敬畏和初入村庄感到有芥蒂的心情产生了鲜明的反差，现实与回忆构成了广阔的时空对话，过去与现在两种叙述眼光的交织，便形成了"去而复回"的环形叙事模式，也成为"非虚构"乡土叙事的一大亮点。

这种灵活的环形叙事模式在其他乡土小说家的文本中也屡见不鲜。梁鸿的《中国在梁庄》一开始，故乡"刺耳的喇叭声""裸露的垃圾""金属味的马路"让梁鸿感觉"如果不是有家人、有老屋、有亲人的坟在这里，我几乎不敢相信这是自己生活了二十年的村庄"⑤。

在五个月深入故乡肌理的分析与挖掘后，梁鸿终于被家乡淳厚的风土民情所感染，不禁感叹爱、善、朴素、亲情等民族独特的情感方式是一个民族具有

---

① 孙惠芬：《生死十日谈》，人民文学出版社 2013 年版，第 2 页。
② 艾利斯：《开始写吧！非虚构文学创作》，习克利译，中国人民大学出版社 2011 年版，第 63 页。
③ 孙惠芬：《生死十日谈》，人民文学出版社 2013 年版，第 38 页。
④ 孙惠芬：《生死十日谈》，人民文学出版社 2013 年版，第 276 页。
⑤ 梁鸿：《中国在梁庄》，江苏人民出版社 2011 年版，第 8 页。

永恒生命力的根源。梁鸿即将离开故土时感动的情绪,与初入村庄时的心情形成了鲜明的对比。这种"去而复回"的环形叙事为众多乡土小说家所热衷,一方面,承接了鲁迅"离乡—归乡—再离乡"的经典模式,在这条漫长的时间线上,作者可以不时插叙自己的经历,叙事者"我"的故事与被采访者"他/她"的故事相互交织与回应,形成了亲密的时空对话,具有生命轮回的悲剧色彩;另一方面,孙惠芬喜欢在某一环节设置悬念、骤然停止,在另一个意想不到的环节接续下去。如"第二日"提到的死者赵凤,被进城务工的丈夫杨柱抛弃,因为留守乡下耐不住寂寞而染上了性病,赵凤的母亲号称"徐大仙",她明知女儿备受疾病折磨,但是又害怕自己失去"神仙"的威力,偷偷给女儿涂抹了自己制造的药水,延误了女儿的病情。本以为这段采访就告一段落,到了第六日采访姜立生时惊喜地发现姜立生的老板就是杨柱,于是第二日的故事又接续了下去。

可见,在小说中,孙惠芬精于"叙事套路",常常不满足于故事的平稳发展,打乱原有的采访计划进行"咬道",突发奇想、节外生枝,在"环形"叙事中不断"回望",与电影创作中镜头剪接的技巧有异曲同工之妙。故事与故事之间无法正常衔接,在时间线上的任意截取、重置就产生了"戏中戏"的效果,使得故事情节在无序的表象之中传达了特殊的审美感受。

四 《生死十日谈》的文学价值与现实意义

孙惠芬前期的作品,从首部长篇小说《歇马山庄》的面世,再到《上塘书》《民工》《歇马山庄的两个女人》,所关注的都是"城乡一体化"背景下农村的现实风貌和底层农民的生存状态,她始终执着于对"辽南故事"的书写,全面展示了家乡三十多年的历史变迁。《生死十日谈》恰好接续了以往"乡村叙事"的创作传统,立足于现实,关注农民自杀群体的生存境遇,与之前的主题内容一脉相承,勾画了在滚滚历史长河中缓慢推进的辽南"生活史"。值得注意的是,以往的乡土作家习惯以"想象与虚构"的方式来描摹记忆中的故土,尤其是进入21世纪以来,乡村景象发生了巨大变化,乡土作家更是借助"文化想象"的方式弥补内心落差。但是,在文体的变革实践中,《生死十日谈》跳出了以往"虚构"的圈子,走出书斋,利用田野调查法,深入自杀遗族的生活,用"非虚构"的艺术手法来承载她想表达的内容,在叙事姿态、叙事话语以及叙事结构上都做了大胆且有益的尝试,为中国"非虚构"小说的乡村叙事提供了优秀范本。

孙惠芬前期的作品充满了真挚的人性气息,是她对美好生活的主观愿望。面对遭受城市冲击而尽显破败的故乡,她始终和底层农民站在一起,希望农民工的人格尊严受到尊重,留守妇女儿童的精神生活得到慰藉,加上小说具有地域特色的风俗民情的描写,整体的叙述语调是平静而又恬淡的,类似于她自己所说的"和平演变"。但在《生死十日谈》中,创作风格发生了明显的变化,笔锋直接转向社会现实中农民"自杀"问题,使文本呈现一种灰暗的色彩和沉重的基调。21 世纪以来,这种向现实社会问题质疑的作品不在少数,无论是贾平凹的《秦腔》,阎连科的《受活》,还是李佩甫的《羊的门》,无不表达了对现代化文明冲击下痛失精神家园的哀叹。但《生死十日谈》思想的深刻之处在于对农民灵魂的救赎,对"生与死"本质问题的探索。至于为什么创作这部小说,孙惠芬在接受采访时说:"自杀在我的笔下不过是一个篮子,它装进的,是乡村在城乡一体化进程中的人性的困惑和迷惑,是对生死终极问题的追问和思考。"①小说里提到的大多数自杀者都是受到"疾病"和"贫穷"的困扰,揭示在现代社会中,一方面是城市迅速扩大,中产阶级的人数不断增多,新的惠农政策使广大农民看到了生活的曙光,另一方面,是一些农民因为种种原因而陷入生活的困境,付出血的代价。像第一则案例的于吉良,他听说丹东有一则标语写着"远离毒品,珍爱生命",就真的坐车去丹东看标语,他认为这个标语和家人"喝毒药"而死有关,认为国家和政府在时刻关注着自己,绝望的人生反而被赐予无限的力量;"第九日"中,吕有万带着当"土地主"的愿望回乡搞开发,结果辛苦赚来的上千万的钱投进去之后血本无归,常年在外经商又不得人心,受到"刺头儿"吕明祖的百般刁难,最终在尊严受阻的道路上结束了生命。可见,农民对政府的惠农政策寄予了太大希望,一旦落实不到位,农民走投无路,"自杀"就变成了唯一可以解脱的选择。

孙惠芬用访谈和对话的形式深入农民生活,其实也是用揭开伤疤的方式来对自杀遗族进行救赎,死去的人得到了解脱,活着的人还要继续接受灵魂的拷问,于是,《生死十日谈》传达给我们的精神指向:如何让活着的人更好地活

---

① 孙惠芬:《生死十日谈》,人民文学出版社 2013 年版,第 6 页。

着,是我们在面对"死亡"时必须思考的现实问题。无论是个人话语还是权力体系,都无法回避现代化文明对乡村传统价值体系的冲击,那么,用何种方式关注底层苦难者,实现乡土作家的社会责任和历史使命,是《生死十日谈》留给众多乡土作家亟待解决的难题。

总之,孙惠芬的《生死十日谈》运用"非虚构"艺术手法:在叙事姿态上,积极介入自杀遗族的生活,坚持还原真实可感的故事面貌;在叙事话语上,引入多个"不可靠叙事者",展现了原汁原味的民间话语;在小说的整体结构上,形成了"前后对照""去而复回"的环形模式,拓宽了叙事空间。这一系列叙事策略的运用不仅提升了小说的审美价值,同时还体现了作者对于"城乡差异""道德伦理""审视国民性"等复杂主题的追问与反思。《生死十日谈》成为我们考察当下乡村变革旋涡中农民精神状况的"窗口",是一部揭示社会现实的"沉重而尖锐地承担"之作,也彰显了孙惠芬作为知识分子"铁肩担道义"的精神姿态和理想作为。

(原载于《宁波大学学报》2020 年第 5 期)

三

特定时代与文学的产生

论消费时代文学经典的重构

20世纪90年代之后,由于科学技术的进步、市场经济的介入,尤其是信息技术的提升,中国文坛的情况变得错综复杂,主流文化边缘化,纯文学刊物大量缩减,消费文化占据主要市场,通俗文学盛行,文学经典被电视、电影、舞厅、酒吧和购物中心等大众文化消费形式所冲击和挤压。在消费时代的环境下文学经典为何会日渐式微? 如何捍卫文学经典? 这是本文要探讨的问题。

一

在快餐文化遍布文坛的消费时代,在影视文化和网络文化的双重夹击下,文学经典不断被人轻视甚至漠视,"消费文化思潮使文学经典成了所指空洞的纯粹消费品,成了消费、戏仿、聊侃的对象。后现代文化对'中心'合法性的质疑,消解了文学经典存在的根基,为文学经典唱起了挽歌"[①]。文学经典精神的号召力和抚慰性逐渐减弱,文学经典面临被边缘化的命运。是什么原因造成这种现象的呢?

首先,被直观的图像文化所替代。在中外文学史上,语言一直占据中心地位,语言是人们进入世界和言说世界的最主要方式。就西方文化而言,"一直把口语词看作智性活动的最高形式,而把视觉表象看做观念阐释的次等形式"[②]。语言是文学生成的基础,没有语言就没有文学。这种以语言为中心的观点,提高了文学在西方文学中的地位。在中国,统治阶级提倡"太上有立德,其次有立功,再次有立言。虽久不废,此谓之不朽"的"三不朽"理论,同样使以

[①] 刘晗:《文学经典的建构及其在当下的命运》,《吉首大学学报》(社会科学版)2003年第4期。

[②] 尼古拉·米尔佐夫:《什么是视觉文化》,陶东风等译,《文化研究》第3辑,天津社会科学出版社2002年版,第3页。

语言为主要建筑材料的文学地位很高。

然而，随着消费社会的到来，原本长期处于边缘地位的图像文化日渐走向前台，并占据主要地位。"我们已经进入'图像时代'，而文学在图像的冲击下岌岌可危。"①"当代文化正在变成一种视觉文化，而不是一种印刷文化，这是千真万确的事实。"②中外两位专家的论断非常准确地指出了这个事实。电子信息和数字化技术高度发达，电影、电视、电脑成了巨大的图像输出端口，各种时尚杂志、画册、影集铺天盖地而来，让人目不暇接。因此，海德格尔预言：我们正在进入一个"世界图像时代"。"世界图像并非意指一幅关于世界的图像，而是指世界被把握为图像了。"③图像文化从局部进展到全世界，它强烈地冲击了以语言为载体的文学阅读，语言的中心地位开始旁落。图像成为新的文化霸权，图像文化不仅鲜明地体现在艺术中，而且广泛地呈现在人类生活的各个方面，甚至人类的情感体验与审美诉求也在图像空间中找到了栖身之地，文学在整个文化格局中遭到了放逐，文学经典自然也难逃被挤压和抛离的厄运。彩色漫画版《红楼梦》的广受欢迎，黑白漫画版的《西游记》《水浒传》和《三国演义》的销量不俗，影视剧《红楼梦》《三国演义》的不断被翻拍，就是很好的说明。

其次，创造文学经典的意识有所退化。从接受美学的角度讲，一部经典的产生是作者和读者共同完成的，所以这个问题要从创作和接受两方面来谈。

从创作的角度说，在前消费时代，作者写书不是为了金钱或谋生，大多是为了抒发一己之感情，因而他有足够的耐心和时间来打造文学经典。曹雪芹对《红楼梦》披阅 10 载、增删 5 次；托尔斯泰对《复活》的开头修改 20 次，对《安娜·卡列尼娜》整部小说的修改达 12 次之多就是这种状况的体现。在消费时代，创作不再是一种精神生产或情感宣泄，而是跟名利相联系。于是很多作者急功近利、草率成书，只求数量不求质量。而胸怀大志，立足全球，对人类命运有一种悲悯精神，知识渊博，技法高超，在创作上全身心投入打造文学经典的

① 吴昊：《图像与文学关系的历史考察——兼谈文学在图像时代的生存策略》，《文艺评论》2007 年第 3 期。

② 丹尼尔·贝尔：《资本主义文化矛盾》，赵一凡等译，生活·读书·新知三联书店 1989 年版，第 166 页。

③ 海德格尔：《海德格尔选集》(下卷)，孙周兴译，生活·读书·新知三联书店 1996 年版，第 78 页。

作者越来越少。据统计,目前每年单长篇小说的出版量就达 1000 部以上,且不说质量能否保证,阅读也难以完成。尽管茅盾文学奖、鲁迅文学奖以及其他一些文学奖项,还在不断地筛选出一些优秀作品,使其经典化,但几十年之后,这些获奖的作品是否还是经典,就很难说了。

从接受的角度来说。在前消费时代,由于物质的匮乏、出版速度的缓慢、出版物的稀少,使人们有机会和时间虔敬地走入文学王国,反复品味和阅读,沉浸在作者构筑的王国里与人物同哭、同笑、同命运。而纸质媒介上字与字之间的有序间隔、句子的线性排列、页面上文字的稳固不变,也有利于读者反复咀嚼、静心思考,任由自己想象和联想。文学的魅力在这种反复的阅读中被积淀起来,经典也在这样不断的接受中被树立起来了。而在消费社会,人们的生活节奏越来越快,速食文化、娱乐文化如期而至,人们已经习惯于接受一些轻松愉悦的文学作品,对于一些需要阅读多遍、反复思考才能发掘出重大意义的文学经典已经不想看了。大学生是当今社会的阅读主体,可是笔者在一次课堂调查中发现,有 65% 左右的同学,他们对文学名著的了解主要是通过网络或影视获得的。好多学生宁愿看网络小说、韩剧或打游戏,也不愿去啃大部头的文学名著,至于西方的现代小说,更是知之甚少。文学经典打造之艰难就可想而知了。

最后,消费主义对文学经典的解构。消费社会以"更为系统的消费"为特征,它借助于现代传媒鼓吹"豪华的浪费""高尚的浪费",并促使"浪费式消费已变成一种日常义务"①。这种消费主义观念不仅直接影响了人们的生活理念和方式,而且使整个现代文化向寻求感官刺激的享乐主义文化偏转。市场经济与后工业社会的文化氛围,使纯粹的逐利获得了某种合法性。加上后现代主义解构崇高、还原历史、把英雄人物平民化思想的影响,文学经典从此走下高高的神坛,成了大众满足消费欲望的一种并无特殊意义的对象。消费主义按照自身内在的逻辑与欲望渴求,对文学经典开始了戏拟、拼贴、改写的解构之旅,甚至用反讽手段对经典文本进行彻底颠覆。如对历史故事的戏说;对四大名著或幽默调侃或娱乐搞笑的"漫画歪说";把四大名著中叱咤风云的英雄

---

① 让·波德里亚:《消费社会》,刘成富等译,南京大学出版社 2001 年版,第 45 页。

传奇人物一概变成追逐利益和肉欲快感的日常之人等等。对这种现象，陈晓明认为："在我看来，当代中国出现后现代主义的种种征兆并非对西方当代文化的简单模仿和挪用，当代中国正处于非常复杂而特殊的历史转型时期，它汇聚了各种矛盾，隐含了多种危机，正是当代中国的'政治/经济/文化'之间构成的奇特的多边关系，决定了当代中国的后现代主义的产生及其显著的中国本土特征。"①占据中心位置的文学经典不但被后现代无中心的狂欢式图景所遮盖，甚至变成一个若有若无的背景，其权威性与中心性被逐渐沦落。

二

即使在消费时代，我们依然需要文学经典。所谓经典，刘勰在《文心雕龙·宗经》中解释为："三极彝训，其书言经。经也者，恒久之至道，不刊之鸿论。"②经典具有奠基性、恒定性、权威性等特征。"经典"一词，也是从古希腊词Kanon衍生而来的，其意义是"芦苇杆""钓竿"，后逐渐发展为"尺度""法则"之意。具体到文学经典，《辞海》的解释是"一定时代、一定阶级认为最重要的、有指导作用的著作"。著名学者童庆炳认为，是"承载文学之'至道'和'鸿论'的各类文学典籍"，因此，"文学经典"具有权威性即经典性以及典范性两方面的意义。③它"是民族与人类文明的结晶，是前人智慧与创造的积累。真正的文学经典总是超越民族和时代的，同时也是超越狭隘的政治功利的，是属于全人类的精神财富"。"文学经典关注的是人类的命运和生存，是人性的丰富性与复杂性，是人的灵魂的深度，因而也是经历了时间的淘洗而仍然具有永久的艺术魅力的作品。"④也有专家认为，经典虽有权威、典范的含义，但并非一成不变，需要不断建构、挖掘和阐释，永远处于一种未完成的状态中。加拿大学者斯蒂文·托托西就认为，经典可以分为"恒态经典"（Static canon）与"动态经典"（Dynamic canon）两种类型。

如何改变被边缘化的现状，重构文学经典？

---

① 陈晓明：《历史转型与后现代主义的兴起》，《后现代主义》，河南大学出版社 2004 年版，第 22 页。
② 刘勰：《文心雕龙》，中华书局 1985 年版，第 5 页。
③ 童庆炳：《文学经典建构诸因素及其关系》，《北京大学学报》（哲学社会科学版）2005 年第 5 期。
④ 刘思谦：《"十七年"革命历史长篇小说的经典化与非经典化》，《河南大学学报》2008 年第 3 期。

首先,要处理好文学经典内部与外部研究之间的关系。文学研究既需要围绕文学经典本身进行美学研究,也需要联系政治、经济、文化进行历史研究。前者是内部研究,后者是外部研究,两者不可偏废。但是,随着当代文化研究的兴起,文学研究出现倾斜,越来越多的人倾向于外部研究,离文学作品本身的研究越来越远。许多学校的文学课讲授的内容已被影视剧、广告、动漫、流行音乐等亚文学作品及酒吧、咖啡馆、度假村、健身房、美容院、服饰、时尚等非文学现象所充斥。"鲁郭茅巴老曹"、沈从文、钱锺书、张爱玲等作家作品研究逐渐被边缘化。所以,处理好文学经典的内部与外部研究,对于重树文学经典的形象至关重要。

第二,重新发挥人文知识分子在文学经典阐释中的作用。在传统社会里,人文知识分子是一个特殊的阶层,曾经拥有过文化的解释权,担任过历史事实的记录者、历法典籍的制定者,为人类的文明作出过重要贡献。然而到了20世纪90年代,大众文化迅速发展,一直以来以理想型为主导的文化开始向世俗性转变,人文知识分子话语权被逐渐剥夺,他们的作用被削弱,社会地位开始下降,生存环境急剧恶化。虽然,人文知识分子作为时代的代言人和文学的当然诠释者的地位已经过去,但维护文学经典、追问其存在的价值、思索文学之真谛、阐释生命的意义,从而为人类的进步提供有利的阐释空间和人文导向,或许是当今人文知识分子更加神圣的历史使命。

第三,用现代的、发展的眼光重构文学经典。经过历史陶冶的文学经典因其丰富厚重的内涵、独创的技巧流传下来。很多经典距离现代已经较远,但它不是化石,更不是摆设,而能惠泽后代。所以,我们一方面要用现代的眼光去诠释过去的文学经典,同时,又要根据当前文坛的创作情况确定新的文学经典。克罗齐说:"一切历史都是当代史。"对文学经典现代意义的发掘与阐释,总是随着历史的发展而不断丰富和深入,它不是主观随意的行为,不能脱离其产生的历史语境,不能抛弃作者的创作动机与文本实际,且永远是经典化的一个重要环节。重构经典还必须重视文本的细读、精读和创造性阅读,避免误读和过度阐释,但也不能停留在一味分析过去的经典上,应有建立当代文学经典的意识。"文学的经典化过程,既是一个历史化的过程,又是一个当代化的过程,它不应该是'过去时态',而应该是'现代进行时态'的。文学的经典化时时刻刻都在进行着,它需要当代人的积极参与和实践。"①只有具有开阔的视野和胸襟,站在世界文学发展的高度,用现代的、发展的眼光,才有可能在继承和发扬前人优秀文学与文化成果的基础上,铸造新的文学经典。

虽然,消费时代的文学经典因为受到图像文化的替代、创造文学经典的劲头消退、被消费主义解构等因素的影响越来越走向边缘化。但这并不等于文学经典从此就从当代文坛彻底淡出,只要我们处理好文学经典内部与外部研究之间的关系、重新发挥人文知识分子在文学阐释中的作用、用发展的眼光去看待文学经典、充分利用高校和中学这两个阵地推广文学经典,捍卫文学经典并扩大它的影响还是有希望的。

(原载于《南方文坛》2012 年第 6 期)

---

① 吴义勤:《我们应该为经典作点什么? ——"2004 年读小说经典"序》,《小说评论》2005 年第 2 期。

王鲁彦的世界语翻译及对其创作的影响

在五四新文学运动时期兴起的现代翻译大潮中,乡土作家王鲁彦的世界语翻译所占有的份额不是太大,其影响也没有鲁迅、胡愈之、周作人等作家大,但从他选取被翻译的作家作品和这些译作对他创作的影响来看,很有自己的特色,而且他从事翻译比搞文学创作要早,译作的成果达 68 万多字,几乎与其创作的数量相等。与此同时,王鲁彦积极参加各种世界语活动,对世界语的发展以及中外文化的交流做出了应有的贡献。令人遗憾的是,到目前为止对王鲁彦在世界语翻译和传播方面的研究成果十分欠缺,本文试图在这方面做一些探讨。

一 中国世界语翻译的背景

早在 17 世纪,就有一些欧洲的哲学家或思想家,如德国的莱布尼茨、法国的笛卡儿和孟德斯鸠等,提出了创造一门全世界都能通用的语言的想法,可是他们以及后来的一些语言学家的实践都没有成功。直到 1887 年 7 月 26 日,波兰眼科医生柴门霍夫(L. LZamenhof)经过多年钻研以后,公布了世界语 EsPeranto① 的诞生。他希望人类借助这种语言,消除民族间的仇恨与战争、能够平等和平相处。为此他自费出了一本用于世界语学习的教科书《第一书》,在这本书里,他把世界语称为"辅助语",并确定了基本的字母和原则。此书一出引起很多人的关注,一些人开始学习并实践。1905 年柴门霍夫与其他

---

① 也可译成"希望者"或"世界语",其实都是指的一种"辅助语",即于各民族语言之外的一种辅助语言,它毫无取代各族语言之意,以"简单易学"同时又"确切合理"为原则。世界语的组织成分,无论哪一方面,都有极其严格的规范。这些规范,柴门霍夫在《世界语基础》一书的"序言"中早已指出,无论在任何情况下,都是不能随便改变的。

世界语爱好者在法国布洛涅市组织召开了世界语协会的第一次大会,参加者竟达 600 多人,取得意想不到的效果。此后,直到 1914 年,世界语协会每年都召开一次大会,并制定了国际世界语协会的章程。接着柴门霍夫又写了《语言问答》《基础模范诗文选》《世界语谚语集》等专著,还翻译了各国著名作家的一些作品。至此,世界语作为一种语言已经基本成熟,在世界各国获得认可和运用。

20 世纪初,世界语由俄罗斯商人、留学日本和西欧的中国留学生传入中国。1905 年,有一位俄国人在上海开办世界语讲习班,陆式楷前往学习,毕业后在上海推广世界语。1907 年,由法国里昂留学归来的许论博亦在广州的启明、南武等地开班传授世界语。1908 年,"中国世界语会"在上海成立,并出版了一期世界语报。这是世界语在中国早期的情况。1911 年,世界语运动开始活跃起来,时任全国教育总长的蔡元培通令全国师范学校开设世界语课程,同年 5 月"中国世界语会"改组为"中华民国世界语会",在上海设中央事务所,在常熟等城市设立了分事务所,在此期间出现了大量世界语刊物,如 *Espetanto por Hino*(《世界语初阶》)等,世界语在中国的普及程度越来越高。1913 年 2 月,"中华民国世界语会"在上海开设世界语专门学校,当时有 20 人参加学习,全国十多个大小城市建立了世界语的专门组织。到 1916 年 8 月,在北京设立了"北京世界语学会",1917 年北京大学把世界语列为选修课,1921 年成为必修课。1922 年蔡元培校长发起成立"世界语研究会",亲任会长,还聘请爱罗先珂到北大讲学,推动世界语的发展。1925 年,蔡元培发起成立了北京世界语专修学校,培养出了一批世界语的人才,进一步确立世界语在中国的地位。与此同时,上海在胡愈之和叶籁士等人的领导下成立过世界语小组,出版过世界语杂志《世界》。而广州、武汉等城市也在高校开设世界语课程,举办世界语讲习班,甚至在抗战时期的延安,都成立过世界语组织,出版过一些世界语教材和词典。总之,自从世界语走向世界的那天起,中国就接纳并发展世界语,从设立机构到进入高校的课堂到成立世界语专修学校,学习的人越来越多,普及的程度越来越高。王鲁彦就是在这样的背景下开始学习世界语,并尝试用世界语翻译东北欧作家作品,从中汲取创作思想、学习写作技巧,最后走上创作道路的。

二 王鲁彦世界语翻译的特点

（一）王鲁彦世界语学习和翻译情况概述

王鲁彦在 1920 年春离开上海去北京参加由李大钊、蔡元培、胡适创办的工读互助团，被接纳之后，一边学习世界语，一边打工维持生计。据周贻白回忆：王鲁彦到北京之后，"因考北大不成，便转入一所机关里去当书记。那时候，北京正在开办一个世界语学校，揭出了'世界大同'的旗帜。于是，他便以当书记的浅戋收入，攻起世界语来"①。推算起来，应该是在 1921 年。在学习世界语的过程中，王鲁彦十分刻苦，短短几个月就初步掌握了世界语的基本词汇和读写技巧。这一点王鲁彦的表妹也证实：他"在北京大学（在东城沙滩）旁听。……在北京生活非常艰苦，全靠自己劳动，经济上没有人支持他，……可是不到半年他竟学会了世界语"②。

掌握了世界语之后，王鲁彦就尝试着用世界语来翻译东北欧作家的世界语作品，他翻译的时间集中在 1922—1937 年。从 1922 年开始，王鲁彦大量阅读世界语的原著，逐渐培养起对文学的兴趣，并萌发了翻译文学作品的念头。1922 年他用世界语转译了两则俄罗斯的民间故事《好与坏》《投降者》，发表在同年 8 月 9 日的《晨报副镌》上，同月 13 日又在上海的《民国日报》的副刊《觉悟》上再次发表；这两个副刊属于五四时期最具影响力的"四大副刊"之列，这极大地激发了王鲁彦的热情，同年 12 月 11 日他的译作《散文诗二首》（《风的歌》《翅膀》）在《晨报副镌》上再次被采用。虽然这些译作就体裁而言是民间故事和散文诗，内容相对简短，但在王鲁彦的人生历程上，却很有意义，它标志着王鲁彦在翻译方面显露出了才能，他的翻译生涯就此开始，而且他的笔名"鲁彦"也是从《风的歌》《翅膀》这两篇译作上开始的。此后，王鲁彦一直没有放弃世界语的翻译，一直到 1937 年，王鲁彦共翻译了 68 万多字的世界语作品，其中翻译小说 71 篇，包括 4 部小说集，分别为：《犹太小说集》《显克微支小说集》《世界短篇小说集》《在世界的尽头》；2 部长篇小说：《苦海》（波兰）、《忏悔》（南

---

① 周贻白：《悼鲁彦》，见曾华鹏、蒋明玳编《王鲁彦研究资料》，江西人民出版社 1984 年版，第 83 页。
② 顾芝英：《忆鲁彦和爱罗先坷》，《鲁迅研究月刊》1986 年第 9 期。

斯拉夫)。7 部剧本,其中 2 部五幕剧,4 部独幕剧,1 部三幕剧。6 首散文诗,3
首诗歌,6 首民歌,1 篇散文,5 篇学术论文。所翻译的作家作品涉及俄国、德
国、法国、保加利亚、匈牙利、波兰、立陶宛、南斯拉夫、比利时、丹麦等 19 个国
家,几乎遍及整个欧洲。其翻译的数量之多、质量之高,在现代翻译史上也是
屈指可数的。

(二)王鲁彦翻译的特点

1. 以东北欧作家作品为主

他所译的 4 部小说集,几乎都是东北欧国家的作家作品。其中《显克微支
小说集》收有《泉边》《宙斯的裁判》《乐人扬珂》《天使》《光明在黑暗里》《提奥克
虏》《老仆人》等 7 篇译作。王鲁彦之所以选择翻译显克微支的小说,原因他在
该小说集的《序》中说得非常明白。首先,显克微支的作品以"乡村自然生活和
大自然得来的印象"为主要内容的做法启迪了王鲁彦开拓乡土素材的欲望;同
时显克微支小说描写的逼真、想象的丰富,对主人公性格刻画的生动让他受益
匪浅。其次,显克微支的《火与剑》《洪水》《浮罗提约斯基先生》这三部优秀的
长篇历史小说给当时处于黑暗中的波兰人民和危机四伏的波兰国家以希望和
鼓舞;而他获得诺贝尔文学奖的长篇小说《你往何处去》,"是过去一世纪里最
伟大的作品之一"。第三,他认为显克微支"是最能探得人生的痛苦,烦闷,忧
郁,悲哀——心的深处的;但他又能从绝巅转过来,使失望变为希望,悲观变为
乐观,痛苦变为甜蜜。……他做小说原是要给人们以安慰"①。王鲁彦也希望
像显克微支一样,借助自己翻译的作品给深受内乱之苦的人民以安慰。

《世界短篇小说集》共收集 16 篇小说,除了俄国的以外,都是或版图很小
或弱小而受压迫的民族国家,包括波兰、保加利亚、芬兰、乌克兰、瑞士等。王
鲁彦选择这些国家的作品是因为他认为弱小民族的文学自有其独特的价值,
在某些方面,它们更符合我们的国情,能够提供我们迫切需要的东西,与我们
产生共鸣。作者在《序》中说:英、美、法、德"这几国的文艺原是值得惊异,值得
介绍的。但因此忘记了世界上还有许多小国,甚至说在那里并没有开着鲜艳

---

① 王鲁彦:《显克微支小说集·序》,曾华鹏、蒋明玳编《王鲁彦研究资料》,江西人民出版社 1984
年版,第 29 页。

的文艺的花,那便错误了。它们一样的有生活,有人民,有文字,有痛苦和快乐,有呻吟和叫号,有科学与文学——一句话,无论如何弱小的国家都有他们自己的灵魂。或者,我们说,正因为他们弱小,受压迫,被损害,它们的灵魂愈加沉痛,愈加悲哀,而从这里所发出的呼声愈比大国的急切,真挚,伟大。文艺正是从灵魂中发出来的呼声,我因此特别爱弱小民族的文艺。在它们文艺的园地里,我常常看见有比大国的更好的鲜花。……因此我愿意做一个采花的仆人,采了来贡献给和我有同好的读者"①。

《在世界的尽头》也是一部短篇小说集,由上海神州国光社 1930 年 3 月出版,收有 9 篇小说,包括《在雅室里》《最后的一个》《新年》《披披和糊糊》《在世界的尽头》《安特列奥》《消夜会》《笑》《鹤》,除了最后一篇小说《鹤》没有注明作家的所属国,其他小说作家的所属国分别为波兰、爱沙尼亚、保加利亚,都是东北欧弱小国家。

长篇小说《苦海》的作者先罗什伐斯基也是波兰人,小说主要反映波兰人民的苦难生活,用王鲁彦的话说:"一切都是这样的忧郁,黑暗,悲痛而且绝望,我不能不为书中的每一个主人翁流下同情的泪来。当我读着,译着,或者想到的时候。它给了我这样沉重的压迫,我几乎完全透不过气来了。""但它同时却又充满了这样强烈的生的呼声,它比任何的呼声都来得迫切……这些最不幸的人都有着热烈的希望和生的颤动,使我旅行在这最苦恼的国土中的时候,也微微嘘出了气来。"②通过小说,王鲁彦不但看到波兰底层人民生存的艰难和压抑,同时也看到了波兰人民身上顽强的抗争意识和生存欲望。尤其是那个像魔鬼一样的被称为"吃人的人"的美尔干夷,她心中充满仇恨,是一个颠覆着一切,毁灭着一切的魔王。但作者先罗什伐斯基原谅了她,王鲁彦认为这样的人在中国也是急切地需要的,所以把这部小说翻译过来。

王鲁彦有意选择东北欧弱小国家的作品进行翻译,是为了让国内的读者能够对这些国家的情况有所了解。同时,也是受鲁迅和爱罗先珂的影响。在鲁迅看来,介绍这些国家的文学,可以帮助中国人从这些国家人民的生存状况

---

① 王鲁彦:《世界短篇小说集·序》,曾华鹏、蒋明玳编《王鲁彦研究资料》,江西人民出版社 1984 年版,第 32 页。

② 王鲁彦:《苦海·序》,曾华鹏、蒋明玳编《王鲁彦研究资料》,江西人民出版社 1984 年版,第 33 页。

推演到对自己目前处于奴隶地位的认识,进而引起觉醒,最终产生摆脱奴役和压迫、争取自由和解放的强烈愿望。所以,鲁迅翻译重在思想启蒙,艺术上的交流和借鉴放在次要位置。王鲁彦十分认同鲁迅的这一价值取向,刚开始踏上译介域外文学的道路,就在启蒙意识和人道主义上与鲁迅产生共鸣。另外,俄国盲诗人爱罗先珂对王鲁彦影响也很深,王鲁彦曾经给爱罗先珂当过一个多月的助教,直接受他人道主义思想的影响,这些因素"使王鲁彦对东北欧弱小民族和被压迫民族寄予深切的同情,因此,也就格外关注这些民族的文学"①。

2. 比较钟情于犹太小说

在王鲁彦翻译的小说中,有一部《犹太小说集》,共收有 14 篇犹太短篇小说,包括《腊伯赤克》《中学校》《河夏懦腊婆的奇迹》《不幸》《宝》《创造女人的传说》《灵魂》《姊妹》《七年好运》《披藏谢标姆》《又用绞首架了》《和尔木斯和阿里曼》《搬运夫》《资本家的家属》。王鲁彦在《序》中,首先详细阐述了犹太小说发展的源流及现状,并重点介绍了自己最喜欢的犹太人民作家肖洛姆·阿莱汉姆,认为"他是近代犹太人作家中的唯一的讽刺作家。他的作品几乎没有一处犹太人的家里不谈。他专门写希伯来人最可笑的事情,使人发笑,但这笑并非平常的笑,是含着眼泪的笑。他的作品的名言是:'笑可以医病,医生劝人常笑'。……他什么都描写,什么也不避忌,在诙谐中藏着深刻的讽刺,使你感到沉痛,又使你禁不住含着泪大笑起来。他又是一个大诗人,又是戏曲家,近代犹太文学的根基到了他手里可以说已被他筑了起来,而且非常的坚固了"②。王鲁彦之所以选择翻译犹太小说,因为犹太文是德国、波兰、俄国境内所有犹太人公用的语言,因此犹太文学可以说是民众的文学,真正犹太人的文学;同时,这些作品中流露出的人道主义思想,以及反映的犹太人受压迫的命运。"近代犹太文学一个显著的特点就是人道主义。这大概是因为散处在各国的犹太人都受各国当局的严厉压迫,生活十分艰苦,所以许多作家都呼号着,攻

①　袁荻涌:《王鲁彦与外国文学》,《贵州师范大学学报》(社会科学版)2003 年第 6 期。
②　王鲁彦:《〈犹太小说集〉序》,曾华鹏、蒋明玳编《王鲁彦研究资料》,江西人民出版社 1984 年版,第 23—24 页。

击着,要往人道主义的路上走。"①

3.精选有思想性的作品

王鲁彦选择被翻译的作品时非常注重其思想价值,这跟文学研究会的宗旨有关,文学研究会主张译介弱小民族和俄苏文学,同时以政治需求作为选取翻译对象的标准,即"外国文学作品的思想性是决定介绍与否的一个重要的条件"②。这个宗旨使 1923 年就加入文学研究会的王鲁彦在选择翻译作品和创作时,更加自觉地关注社会问题,探求人生的意义。他所选择的犹太小说、显克微支小说,以及东北欧其他作家的小说都具有很强的思想性,对于他们国家的解放、弱小民众的自由以及中国民众认识当时世界的社会现实都能起到强烈的震撼作用。

(三)踊跃参加世界语的活动

王鲁彦不但刻苦学习世界语,还积极投身于各种世界语活动,为促进世界语的发展和中西文化交流作出一定的贡献。

第一,参加世界语学会及学会组织的活动。1921 年,王鲁彦曾去上海参加了胡愈之等人创办的世界语学会。1928 年底,巴金从法国回国,同王鲁彦、索非、胡愈之、郭后觉等人一起参加了上海世界语学会的工作。1929 年 7 月王鲁彦离开南京,在上海法租界萨坡赛路一条弄堂里与新婚妻子覃英赁屋而住。这期间,王鲁彦继续参加上海世界语活动,并与巴金一起参加《绿光》的编辑工作。对此施蛰存有一段详细记载:"一九二九年我在上海闸北宝山路世界语学会绿光社,由姚蓬子的介绍认识了王鲁彦。当时我对他的情况毫无所知。只知道他是一位世界语学者,曾陪同盲诗人爱罗先珂工作过一段时间。他送了我一本《花束》,这是他从世界语译出的一本极有趣味的民俗学小书。"③1931年春,王鲁彦携家眷去福建泉州黎明高中任教,他一方面从事教学,一方面帮助巴金在泉州乃至整个福建开展世界语运动,被选为泉州市的世界语学会会长,并创办了我国南方第一本世界语会刊《新声》,在《新声》第 3 期上发表过

---

① 王鲁彦:《〈犹太小说集〉序》,曾华鹏、蒋明玳编《王鲁彦研究资料》,江西人民出版社 1984 年版,第 23—24 页。

② 卞之林等:《十年来外国文学翻译和研究工作》,《文学评论》1959 年第 5 期。

③ 施蛰存:《重印〈黄金〉题记》,《施蛰存短篇集》,上海文艺出版社 1984 年版,第 156 页。

《我学世界语的略史》一文。此文在《老世界语者》杂志第 7 期上转载。1932 年春末，王鲁彦来到福建涵江中学教书，他与杜承恩、范天均、沈一叶、黄金瑞、袁继烈和袁国钦发起成立晋江世界语学会，吸纳会员达数百人。1938 年，王鲁彦在长沙为田汉主持的《抗战日报》编副刊，1 月底，陈世德、杭立、郑旦等人发起成立长沙世界语者协会，王鲁彦与钟宪民、陈世德、杭立、易绍培、顾成熙、欧阳晶等参与了活动，并都担任世界语协会理事。

第二，开办世界语培训或讲习班，担任教员，培养世界语人才。自 1923 年 8 月起，王鲁彦先后在湖南长沙协均中学、平民大学、湖南第一师范等开办过世界语班，在船山学社也开过世界语讲习班。1925 年 6 月，去北京世界语学校担任教员，但很快就离开了。1926 年，王鲁彦第三次到长沙，在黄华瘦创办的世界语学校中担任世界语教师。1931 年，在福建泉州开展世界语培训活动，当时有好多泉州青年跟着王鲁彦学习。1938 年在长沙，与陈世德、杭立等一起组织的世界语协会时也开办过世界语班，培训学员达数百人。

第三，参与其他与世界语有关的活动。1923 年 3 月经蔡元培、鲁迅等人介绍，认识俄国盲诗人爱罗先珂，并担任他的助教，直到 4 月中旬爱罗先珂离开中国。1927 年 7 月，王鲁彦写的一篇题为《全世界庆祝的今年——世界语产生四十周年纪念》的随感，发表在《小说月报》第 18 卷第 9、10 期和《民铎杂志》上。1928 年春，王鲁彦应作家荆有鳞之约到南京国民政府国际宣传科作世界语翻译，负责编写对波兰、芬兰等东北欧国家的宣传小册子，主要是将孙中山的《三民主义》等内容翻译成世界语，向国外宣传，这个工作才干了一年半，因为不愿成为国民党政府的爪牙而离职。

三 翻译小说对王鲁彦创作的影响

1. 对小说内容的影响

王鲁彦翻译的都是东北欧作家的作品，这些作品基本上以那些国家底层民众的凄惨生活为主要内容，这种选材方向直接影响了王鲁彦。他在创作时，就选取宁波镇海乡下民众的生活为主要对象，尤其是前中期的小说，有反映乡村小有产阶级生存窘况的《黄金》《许是不至于吧》《阿卓呆子》；有嘲讽浙东特有冥婚风俗的《菊英的出嫁》；有描写出生于小偷之家，长大后偷窃技能高于父亲,最后流落他乡的《阿长贼骨头》;有抨击封建迷信、有钱不上医院治疗却相信封建迷信的明达婆婆的《河边》;有反映因为谷仓里的稻谷被老鼠偷吃而产生矛盾、互相辱骂的《鼠牙》;有因为妒富仇富而把兄弟告上法庭,把兄弟的财产在打官司中弄完而自己丝毫没有得到好处的《自立》;有描写童年生活以及失去童年最好伙伴的《童年的悲哀》;有为了占有哥哥留下来的家产,不惜把有文化、暂时回家避难的侄子以共产党嫌疑密告,致使其被枪杀的《一个危险的人物》。可以说,王鲁彦通过叙写受资本主义侵袭比较早的宁波地区农村特有的社会现实,如描写如史伯伯、小偷阿长、菊英妈、阿成哥这些小人物的生活、思想和情感,表达了对于这些人物悲惨命运的深切同情以及对旧制度的愤恨。这同显克微支、肖洛姆·阿莱汉姆的作品颇有相似之处。

2.对其创作思想的影响

在王鲁彦翻译的东北欧作家作品中,人道主义思想特别浓重,尤其是俄国盲诗人爱罗先珂和波兰作家显克微支,这两位作家对于王鲁彦人道主义思想的形成影响巨大。显克微支的童年是在农村度过的,从小目睹农民所遭受的残酷剥削和压迫,深切同情农民的悲惨命运。他借助文字,形象地叙写农民的苦难生活、悲惨命运以及劳动者所受的不平等待遇等内容,作品中流露出浓厚的人道主义思想,具有摄人心魄的艺术魅力。他的 6 部长篇小说中有 4 部以波兰历史上几次伟大的战争为题材,通过歌颂战争中人民或主人公英勇抗敌的精神,来鼓舞处于苦难中的波兰人民。显克微支对人民悲苦生活的无限同情和强烈的人道主义思想感染了王鲁彦。

王鲁彦早期的小说《狗》《柚子》《秋夜》及散文《灯》等都具有浓厚的人道主义思想。《狗》叙述作者与盲诗人爱罗先珂一起去西山旅行,在路上碰到一个乞讨的妇女,我对她不管不顾、冷漠地一走而过,这种态度受到爱罗先珂的指责和批评,从而在王鲁彦内心引起忏悔和自责。小说生动地描写了爱罗先珂如何用自己的人道主义思想和行为直接影响王鲁彦的思想和行动。《秋夜》通过主人公在梦中的所见所闻,展示了军阀混战下社会动乱,人民流离失所、无家可归的悲惨境遇以及一些人麻木、冷漠甚至阻拦救人者的现状,表达了作者内心的愤慨和人道主义同情。小说《柚子》用嘲讽的笔调描述了"我"与 T 君在长沙浏阳门外看杀头的经历,揭露了反动军阀草菅人命的罪行,鞭挞了一些人麻木、愚昧的精神状态。作者在写这篇小说时,内心是矛盾和苦闷的,他一方面以嘲讽和揶揄的口吻批判极端混乱的现实,另一方面却又故作玩世不恭;既想改变现实,又因讨厌世界上到处充满愚昧、野蛮而想逃避现实。王鲁彦的这种心理状态带有一定的代表性,是时代苦闷的象征,不过内里还是具有人道主义的思想。《灯》是一篇散文,文章非常细腻、感人地描写了自己因为有一颗能够感受人情冷暖的心,所以无法避开现实的黑暗和窒息,因而"我"想把心还给母亲以求一死,可是母亲死活不同意,"我"痛苦、责问、恳求,但没有用,最后"我"只得悄悄地把心还给母亲。当"我"成了没心人之后,"我"感受不到社会的黑暗、沉闷了,也不用因无力解决而痛苦了,"我"反而高兴了,母亲因为"我"没去死也微笑起来。这种在麻木中像狗一样生存的方式,一定程度上体现了作者的软弱性,但是内心的痛苦是很深沉也很感人的。在这篇散文里,"我"和"母亲"都是一个象征体,是众多有觉悟但处于痛苦之中的知识分子的代表和众多母亲的象征。

3. 对其艺术手法的影响

东北欧作家作品在艺术手法上对王鲁彦影响也很大,如爱沙尼亚作家土革拉司对人物心理分析得精细;保加利亚作家耐米罗夫"是一个写实主义者,心理分析者也是一个深懂女人的灵魂的作家";尤其是显克微支小说中善于运用多种手法揭示人物隐秘的内心世界等技巧,使王鲁彦受益匪浅。他把这些手法运用到自己的小说中,如《黄金》中对于人们拜金的心理、对于生活有波折的如史伯伯一家的冷漠、落井下石、乘机欺负等阴暗心理的刻画十分逼真。用茅盾的话说:"乡村小资产阶级的心理,和乡村的原始式的冷酷,表现在这篇《黄金》里的,在文坛上,似乎尚不多见。"[①]在《听潮》中对于寺僧前倨后恭的势利嘴脸和心理的描绘也细腻感人。

综上所述,王鲁彦的世界语翻译不但数量可观,而且精选东北欧国家的作家作品,这些作家用浓厚的人道主义思想去观照那些正在受强敌欺压、生活在艰难困苦中又不放弃抗争的人民,并给予他们以深切的同情和支持。中国也

---

① 方璧(茅盾):《王鲁彦论》,曾华鹏、蒋明玳编《王鲁彦研究资料》,江西人民出版社1984年版,第163页。

处于军阀混战、外敌入侵这样内忧外患的时期,深爱民众的王鲁彦希望通过东北欧弱小国家作家作品的翻译,使国内民众了解那些国家的人民的悲惨命运和艰难抗争,从而帮助自己国家的民众一起战胜外敌、改变自己的生存现状。王鲁彦除了翻译作品以外,还积极参加各种世界语活动,为中外文化的交流推广,以及世界语人才的培养做出了应有的贡献。

（原载于《新文学史料》2015 年第 2 期）

民国时期浙江籍作家海洋文学作品探析①

　　浙江地处东南，东临大海，嘉兴、杭州、绍兴、宁波、台州、温州都临海而建，海洋给浙江人民的生活和交通带来了便利，也养育了一代作家，他们有的出国留学，感受了大海的浩瀚和无穷，有的则扎根乡土，找寻海与乡民之间生命维系的纽带，独特的人生经历使他们创作了一些与海洋有关的文学作品，尽管数量不多，但作为新文学的重要组成部分在现代文学史上留下不可磨灭的印迹。

　　在民国时期，浙江籍作家笔下出现了一些描写海洋的文学作品，以短篇小说居多，也有少量的散文和诗歌。其中王鲁彦的《船中日记》《听潮的故事》，陆蠡的《海星》《贝舟》是散文中的代表作。巴人的《六横岛》，楼适夷的《盐场》，穆时英的《咱们的世界》《生活在海上的人们》，郁达夫的《沉沦》等是小说中比较突出的作品。徐訏的《风浪》《甲板上》，徐志摩的《海韵》《地中海》等则是诗歌中的翘楚。这些作品有的借助海景揭示人生真相，有的通过大海等意象抒发真情实感，有的通过刻画沿海民众生活的艰难和反抗，揭示统治者的残酷。但是与新时期的海洋文学相比，这时期的海洋文学数量少，且比较零散，并未形成一个完整的系统，大部分作品只停留在少量描写海景的片段，只有少数几部作品把海景与人的命运、社会发展联系起来。究其原因，主要在于当时国人的海洋意识还比较淡薄，"在国人心理的深处，对海洋还持一种拒斥的态度"②。不过，作为一种文学现象，还是有研究的价值。

一　壮美海景与生活真实地交融

　　五四新文学运动中，周作人把"美文"的概念引入到中国，并大力提倡，现

---

　　①　第二作者:曾莹,宁波大学人文与传媒学院 2011 级现当代文学研究生。
　　②　柴丽红:《论中国现当代海洋诗中的海洋意识》,山东大学 2013 年硕士学位论文,第 4 页。

代散文因此而繁荣起来,各种形式的散文大量出现,散文领域呈现了纷繁多姿的局面。

一些浙江籍的作家,因从小生活在海边,被家乡独特的地理环境所浸染,鲜活的海产、壮丽宏阔的海景日夜陪伴着他们。"浙东自然环境既显示出浓厚的土性特征,又因为其面临大海而凸显出了其开放性的一面。这使得浙东作家在乡村体验方面有可能被注入新的内涵。"①这种独特的地域文化,使这些作家创作出了与内地作家不同的具有海腥味、海气息的海洋文学。

王鲁彦的主要成就在乡土文学,但他的作品与蹇先艾、彭家煌、台静农等内陆作家笔下"土滋味"特别浓的作品不同,他的作品中包含有东南商业重镇宁波浓厚的商业气息以及周边乡下民众被金钱至上观念所腐蚀的冷漠、自私思想,表现了在时代的演变和资本经济的冲击下,乡村文化的变异和作家对改造国民性的担忧。除了这些带有海洋气息的乡土小说之外,他的《听潮》则是一篇直接歌颂海、描写海潮优美景色的具有浓厚海洋文学特色的抒情性散文。

1929 年 8 月王鲁彦携妻子及朋友去普陀山度假,既看到了壮丽的大海景色,也受到了势利的寺庙僧侣的嘲弄,作者内心很是愤怒,回来之后写下了这篇散文。文中既用优美的文字表现了大海潮来潮去的"柔美"和"壮美",又借助文字对寺僧的势利行为进行犀利的抨击,抒发自己强烈的愤怒之情。整篇文章情感浓烈,写景记事抒情,条条不落;状物绘景,体察入微,具有独特的形象美和意境美。

首先,作者借助工描手法宏观地描绘了潮前、潮起、潮满、潮退的过程,以及大海变幻多姿的壮丽景象,给读者带来了一场融听觉与视觉于一体的豪华盛宴。其次,巧用拟人、通感和比喻等修辞手法,把潮涌之时的壮观和潮来之前的平静刻画得十分美妙。潮来之前,波浪轻吻着岩石,海在低低呻吟,似乎一切都在沉睡,连星星也睡了,此时的大海十分沉静、诱人。可是,当钟声惊醒了大海之后,大海变得狂怒而暴躁,从开始"哺哺的声音"到后来像"战鼓声,金锣声,枪炮声,呐喊声,叫号声,哭泣声,马蹄声,车轮声,飞机的机翼声,火车的汽笛声,都掺杂在一起,千军万马混战了起来"。在此,作者连用了十种声音来

---

① 周春英:《王鲁彦评传》,中国社会科学出版社 2011 年版,第 3 页。

比拟海潮声,联想大胆新奇,凸显了海潮的声势浩大、气壮非凡。这种动静结合、以动写静的手法,写出了大海的灵魂;这种或工笔细描或浓墨淡彩的描写技巧,疏密有致地描绘了一个情景交融的艺术画面,给人如临其境的真实感受。作者借描写海浪的起伏汹涌来表达自己对于以寺僧为代表的一些势利人物的愤怒,实在是奇妙至极。

台州籍作家陆蠡也有少量描写海洋的散文。《海星》叙述一个非常热爱母亲和哥哥的孩子,兴高采烈地捧着贝壳从一个小丘跑到另一个山巅去摘取星星作为送给母亲和哥哥的礼物,可是他一直追逐到无路可寻的海边还是没有摘取星星,最后坠入大海而亡。在这里,海星的绚丽美好与孩子悲凉、凄惨的结局形成了鲜明的对比,孩子的纯真与现实的残酷引起人们的深思,孩子这一柔弱的形象因此更具真实感。而《贝舟》是一篇想象非常奇特的散文。在海产馆参观的作者和朋友在争辩"槎"(木筏)样式的时候,不知不觉间已经乘上了一只他们所描绘的"槎",来到了海外并被撇在一个躺在嫩绿色海水中的孤岛上,当作者和他的朋友不知如何是好的时候,一只贝壳入海成舟,带着他们回到人间,上岸以后,他们把贝舟反过来做帐篷,度过了十分美妙的一晚。朋友的一句"累了吧"把我惊醒,原来这只是我的一个"白日梦"。文中对于那只贝壳的描写十分细腻:

> 凡是大贝壳上所有的花纹,这上面完全有。全体是竹叶形的,略微短一点。壳内是银白色的珍珠层,绲上一圈淡绿。缘口上有纤细的黄边。近较圆的一端处有两点银灰色的小点。铰合上有两三条的突齿,背面是淡黄的,从壳顶的尖端出发,象纸扇扇骨子似的向边缘伸出辐状的棱,和这棱垂直的有环形的几乎难辨的浅刻,壳顶有一点磨损,是被潮和汐,风和雨,还是在沙上擦损的呢,可不知道。①

文字自然纯朴,没有丝毫的造作。陆蠡散文中所特有的敏锐感触和丰富想象在这篇散文中得到了充分的体现。

---

① 陆蠡:《海星》,广东人民出版社 1981 年版,第 25 页。

二　借助大海抒发真情实感

民国初期,由于个性主义理念的高扬,人的自由本质得到充分的肯定,作为主要文学形式的新诗得到了迅猛发展,湖畔诗派、新月诗派等流派应运而生,这些诗歌流派体现不同的观念,并在当时产生了巨大的影响力。而海洋文学中最重要的一个组成部分——海洋诗,也在这一时期初现,郭沫若、冰心、宗白华、卞之琳等少数几位有着海洋生活背景的诗人是主要的创作者,其他如废名、朱湘等作家的诗歌中虽有海洋的意象,但这些意象或源自超经验的海洋,或只是一种想象的海洋,而不是出自现实经验层面的海洋。①

民国时期浙江籍作家创作的海洋诗很少,只是零碎地出现在一些作家的诗集中,较具代表性的是新月派诗人徐志摩、后期浪漫主义作家徐訏的海洋诗。

徐志摩,曾先后赴美、赴英留学,留学时期的远渡重洋和在异乡的生活经历,使徐志摩对海更多了几分了解与热情。正如他在一首诗里所写的:"忧愁他整天拉着我的心,/像一个琴师操纵他的琴;/悲哀像是海礁间的飞涛:/看他那汹涌,听他那呼号!"②

在此,徐志摩借用波涛来形容自己满腹的悲哀情绪。这种以大海、波涛、潮水等意象来作诗的例子很多,如"省心海念潮的涨歇,依稀漂泊浪荡的孤舟"(《月下待杜鹃不来》);"我笑受山风与海涛之贺"(《去吧》);"柔软的南风,吹皱了大海慷慨的面容"(《草上的露珠儿》);"我记得扶桑海上的群岛,翡翠似的浮沤在扶桑的海上"(《沙扬娜拉十八首》);"不歇的波浪,唤起了思想同情反应"(《地中海》)等等。在众多海洋诗之中,《海韵》算得上是比较典型的一首诗歌。

《海韵》发表于 1925 年,这首诗有着"类似海潮和波浪的建筑美、动感十足和层次丰富的绘画美、回环旋转和大体押韵的音乐美,以及震撼人心的原动诗意,诸多重要元素相互支撑,建构了一首堪称经典的叙述型抒情诗"③。该诗讲述了一个不甘平庸的单身女郎离家出走来到海边,她在海边徘徊、清唱、起舞,

① 柴丽红:《论中国现当代海洋诗中的海洋意识》,山东大学 2019 年硕士学位论文,第 9 页。
② 许祖华:《徐志摩作品精选》,长江文艺出版社 2003 年版,第 142 页。
③ 孙良好:《徐志摩和他的〈海韵〉》,《名作欣赏》2011 年第 4 期,第 54—55 页。

后来风云突变,女郎被卷入大海中去的故事。从表面上看,这很像是一个女郎因失恋而投海自尽的故事,实际并非如此,女郎、大海和女郎在海边的种种表现都具有鲜明的象征意味,单身女郎如同一个理想主义者,渴望着大海而且坚定不移,她梦想中的大海浪漫、温柔,充满海的韵味。但无情的大海却暴露出了它可怕的一面,单身女郎依然不懂大海的险恶,她努力地要像海鸥一样与海波搏击,天真地幻想着"海波他不来吞我",执着地向往着大海的美丽与浪漫,最终猛兽似的海波吞没了女郎,悲剧来临。《海韵》既写出了女郎的单纯信仰,也暴露了现实世界的无情与残忍。诗人"为了强化诗歌的叙事成分,常常将人物表现引入诗中,以戏剧化的情节展现人物命运"①。

作为在艺术上不断追求创造性的新月派代表诗人,徐志摩的诗大都想象丰富、构思奇妙、意境新奇,体现一种个性化的绘画美、建筑美和音乐美。《海韵》也不例外,诗人通过描写女郎在海滩徘徊、低唱、起舞,被淹入海沫直至最终消逝的整个过程,把对女郎命运的惋惜、感叹、哀戚、悲伤之情通过诗中每一节的反复咏叹表现出来,尤其是每一节对话后的描写如同音乐的和声,使整首诗充满了韵律美与和谐美。《海韵》发表不久,就引起作曲家赵元任的特别关注,后来他把《海韵》谱成合唱曲,这首诗的音乐美可见一斑。

后期浪漫主义作家徐訏部分诗歌也在不经意间以海的元素为背景,抒发自我丰沛的情感。徐訏出生在浙江慈溪,从小便接受海洋文化的熏陶和滋养,而后,他又经历了战争时期颠沛流离的生活,开始以另一种方式展现出对生命的诗性追寻以及对人生的思考。他的诗歌内容广泛,有思乡之作,也有忧国伤时的作品,有寄情山水之作,也有感悟人生、蕴含哲理的作品。每一首诗歌的创作都凝结着他的浓厚感情和深刻感悟,都与他的个人经历及所见、所闻、所感密不可分。

《风浪》是一首集海上风景描写与人生感悟相结合的诗作,作者描写了自己在海上见到的一次巨大风浪。诗的前半部分大量描写风浪的恐怖,风浪在"远处奔腾,近处呼啸",海水"像兽的长舌,魔的长鞭,鞭击这铁栏,甲板",海上的雷声和闪电,变幻出了大自然中"一簇一簇的火焰",十分贴切地写出了风浪

---

① 姜萍:《徐志摩〈海韵〉解读》,《文学教育》2009 年第 2 期,第 142—144 页。

的巨大和恐怖。诗的后半部分表达了对这种壮观景象的赞美和对人生的感悟,巨大的风浪冲击着船只,作者却认为这是"美,是神秘,是壮烈,是奇伟",是一种惊心动魄的力量美。在风浪的逐击中,我们"需要信仰需要力量"来面对命运的波折。另一首诗歌《海》描写了海发怒的状态,它像一只怪兽,波浪就像"贪婪的舌","想舐尽天上的云和月"。而《独立海边》这首诗则温柔了许多,作者没有直接描写大海的景色,在海边独立的他,入眼的风景既有"云飞风扬",也有"机群舰队",此情此景下,他陡然生出一股豪情与壮志:"海沉明星,潮浮奇岩,问苍天何价?万古未变声色!"[1]其豪迈之情可见一斑。作家林语堂赞誉徐訏为中国唯一的新诗人,称其诗"自然而有韵律,发自内心深处"[2]。

　　徐訏的诗歌语言多变,既有简洁、练达的自然语言,也有荒诞、夸张、极富想象力的语言。正如吴福辉先生所评价的:"徐訏意象语言的开放程度更大些,奇幻、浪漫、荒诞、象征、哲理、诗情,有点包罗万象的味道。他的基点,还是立足于语言的充分感觉性上面。"[3]

三　沿海民众生存境况的深刻揭示

　　虽然中国现代小说的潮流是由浙江籍作家鲁迅引领的,他的《狂人日记》成为五四新文化运动中的第一部小说,之后出现了乡土小说、抒情散文化小说等众多小说流派。但是浙江海洋小说数量还是不多,主要集中在巴人、楼适夷、穆时英笔下。

　　巴人原名王任叔,浙江奉化人。他的作品着眼于描写故乡贫苦农民的不幸与苦难,揭示造成这种苦难的深层次原因。与其他乡土作家不同的是,巴人创作小说时并未离开家乡,他仍然在宁波本地从事各种活动,因此,能更近距离地了解到民生的怨苦。在他的众多作品中,《六横岛》是一篇比较典型的海洋小说。小说描写了舟山群岛中的一个小岛——六横岛的岛民,在不堪当地统治阶级种种沉重的税收与精神压迫的情况下发生了暴动,但旋即被统治者镇压,除了塾师杨星月侥幸逃脱之外,所有参与这场暴动的积极分子或被当场

---

①　徐訏:《徐訏文集》(第15卷),上海三联书店2008年版,第152页。

②　徐訏:《从〈语堂文集〉谈起》,《传记文学》1979年第6期。

③　吴福辉:《都市漩流中的海派小说》,湖南教育出版社1995年版,第278页。

枪杀，或被判刑蹲监狱。揭示了当时社会的混乱、统治者的严苛以及民众生活的艰难。

整篇小说运用了多种描写手法，增强了小说的艺术魅力。首先运用对比描写的手法。在小说开端，六横岛像"一只牛角，狭长地躺卧在这绿色的大海里"，而汹涌的大海像一只饥饿的巨狮，"舞着银白色的巨爪，终年猛扑着六横岛的堤岸"。既生动地描写出了六横岛的地理环境，又用鲜明的对比暗示六横岛上的统治者就像大海这只巨狮一样，"以这样的勇猛和英伟的姿势扑食着六横岛"，给不堪重负的岛民带来沉重的打击。其次，用生动、自然的语言巧妙、细致地描写大海，这些描写文字一直穿插在小说中，既烘托了小说的气氛，又形象地暗示了小说的发展方向。不停倒翻的海水在洪亮锣声的衬托下，仿佛是海之神在召唤，号召穷苦的岛民们要争出一条生活的路！除了对大海的描写之外，巴人还用大量篇幅描写了岛民们的生活，这个岛有一万四千余家的渔民佃户，他们靠着三万多亩的肥田和六万多亩的干地、盐地生活。盐民们依靠晒盐来维持生计，渔民们则在鱼汛来临之际扬帆出海，跟大海搏斗，去讨生活的出路。而以"徐介寿"为代表的统治势力却设置酒捐、刀头税、香烟税、教育税、搭客捐等苛捐杂税，残害民众、欺压百姓，最终引起了岛民们的愤怒，这种愤怒如同潮水一般席卷了整个六横岛，沉默的岛民终于呐喊起来，冲出去为自己找出一条生活的路。"再现了乡村农人的觉醒与抗争。"①

楼适夷的《盐场》主要写浙东余姚一带的盐民暴动。小说描写了以"老定"为代表的盐民，世世代代遭到盐场场主的剥削和压迫，最终在革命党人祝先生的带领下，发动群众组织盐民协会，与盐场场主进行英勇斗争并取得初步的胜利。这些着眼于描写沿海地域革命斗争的小说为民国时期的海洋文学增添了浓墨重彩的一笔。

新感觉派代表作家穆时英，早期的作品主要反映上层社会和下层社会的强烈对立，小说集《南北极》中的《咱们的世界》和《生活在海上的人们》是两篇具有海洋文学特征的小说。其中《咱们的世界》讲述了从小父母双亡的李二爷，先是跟着舅父卖报谋生，后为生活所迫出海为盗，劫持了一艘轮船，并对有

① 赵倩：《民间的乡土作家——巴人乡土小说浅析》，《沧桑》2008年第4期。

钱人展开了疯狂的报复，从此在海面上东飘西荡，成为一个真正的海盗。《生活在海上的人们》则更为直观地描写了渔民们的生活，出海的渔民们遇到了海难，三百多人中只剩下三十多人活着回来。在家破人亡、生活无比困苦的情况下，渔民们在革命者唐先生的带动下，组织起来进行暴力革命，绑架了船主蔡金生与劣绅冯筱珊，并杀了数百人，最终，群体的反抗被镇压。然而，他们并没有放弃，他们的反抗"还要来一次的"！

跟巴人的小说一样，穆时英的这两部小说也深受左翼革命文学的影响，致力于描写社会底层人民的生活与反抗，在情节模式上，这几篇小说都有一个共通之处，"那就是：压迫——反抗——失败。身处社会底层的主人公受到上层统治者的种种压迫，不堪忍受而奋起反抗，但终因势单力薄败下阵来"①。穆时英的小说中暴力气息更加浓厚，隐藏着一股"水浒气"。在语言上一些通俗易懂的平民化语言尤其是一些日常生活口语的运用，增强了小说的趣味性与人物形象的鲜活度。除此之外，还大量运用乡间民谣与俚语，如在《生活在海上的人们》中，开篇便是一段主人公的生活歌谣："嗳啊，嗳啊，嗳……呀！/咱们全是穷光蛋哪！/酒店窑子是我家，/大海小洋是我妈。"②短短几句歌谣展现了处在底层的渔民们困苦的生活，人物的性格、命运也通过直白、粗糙的语言跃然纸上。

与巴人、穆时英描写农民生活与斗争不同，郁达夫的小说《沉沦》以自身为蓝本，描写一个东渡日本留学的中国青年，在异乡受异国人歧视，对爱情的渴望也得不到满足，精神上和生理上种种难以排遣的苦闷情绪交织在一起，使得他无法排解，最终投海自杀。死之前他高呼："祖国呀祖国！你快富起来！强起来罢！"表达了年轻人深沉的时代郁愤。作者为了衬托年轻人内心的悲愤，故意对年轻人自杀所在地筑港写得十分生动：汪洋躺在午后阳光里微笑，远处隐隐的青山浮在透明的空气里，宁静的海湾和长堤，浮荡的空船和舢板，饱受了斜阳的浮标，一切都显得十分平和安静。周围风景的静美和年轻人内心思潮的愤懑产生了强烈的对比，作品的震撼力量也就此而产生。

---

① 王卫平、杨程：《论穆时英农村反抗题材小说创作的发展与流变——以〈南北极〉与〈中国行进〉为例》，《中国文学研究》2011年第2期。

② 穆时英：《穆时英全集》(2)，北京十月文艺出版社2008年版，第121页。

综上所述,虽然民国时期海洋文学尚处在初步发展的阶段,并未形成一定的规模,作品中体现出来的海洋意识还不是很强,但是通过浙江籍作家这些少量的作品可以发现其独具的特色和美学价值。首先,这些作品对于海洋的描写多是出于生活的需要,比较贴近现实;其次,作品中的语言也比较朴素、自然;再次,海洋小说的主人公基本是渔民、盐民等弱势群体和底层民众。与一些非浙江籍的作家如郭沫若、巴金笔下描写的波涛汹涌、气势恢宏的海洋相比,自是多了一份质朴与厚实。

(原载于《宁波大学学报》2015 年第 4 期)

论张翎近作的叙事新变①

——以《流年物语》《劳燕》为例

　　新移民小说家张翎自 1996 年发表第一部长篇小说《望月》至今,已创作了 9 部长篇小说,前面 6 部小说她专注于讲好故事,常常把故事发生的地点放在中国南方与北美地区的相关城市,在北美现代化的场域中叙述发生在中国大陆的一个家族几代人的历史故事,时空跨度大、语言精美、故事的可读性强,但在叙事技巧上运用的是传统小说的叙事技巧。从 2014 年出版的《阵痛》开始,在内容上开始向家乡温州倾斜,到 2016 年出版的《流年物语》、2017 年出版的《劳燕》,不但内容上继续倾向于温州,而且在叙事技巧上进行了变革:前者采用十种“物”作为观察者,见证两个家庭三代人的命运变迁;后者采用三位男性亡灵作为叙述者,追叙他们抗战期间在江南小村的战斗生活以及与一位女孩的情感纠葛。这种变化导致两部小说在主题、情节、人物形象、框架结构等方面都呈现出一种新的风貌。这种叙事新变既关涉作者本身创作追求的变化,也增强了小说本身的艺术魅力,提高了其文学价值。

一

　　从叙事学的理论看,无论是《流年物语》中用“物”作为观察者并用拟人化的“物语”叙述其主人的人生经历和命运变迁,还是《劳燕》中用三位亡灵追叙抗战期间的战斗与情感生活,都属于叙事视角。关于叙述视角,著名学者杨义认为:“叙述视角是一部作品,或一个文本,看世界的特殊眼光和角度。……它是作者和文本的心灵结合点,是作者把他体验到的世界转化为语言叙事世界

---

　　① 第二作者:成朱轶,宁波大学人文与传媒学院 2015 级汉语言文学专业学生。

的基本角度,同时它也是读者进入这个语言叙事世界,打开作者心灵窗扉的钥匙。因此,叙事角度是一个综合的指数,一个叙事谋略的枢纽。"把叙事角度看作是"叙事学理论中牵一发而动全身的问题",认为:"成功的视角革新,可能引起叙事文体的革新。"①对叙事视角在小说创作中的重要性、作用作了充分的阐释。美国学者华莱士·马丁也曾说:"从叙述学的意义上说,作为小说叙述的角度,视角是指叙述所必需选定的眼界和视野,即作者是通过何种关系来展开故事的,是一个由谁来看的问题。在绝大多数现代叙事作品中,正是叙事视点创造了兴趣、冲突、悬念乃至情节本身。"②张翎正是抓住叙事视角的这一特点与功能,大胆地对自己的小说进行叙事技巧上的革命,从而使她的小说呈现出卓尔不群的面貌。

至于进行变革的原因,作者解释说:"《流年物语》中叙述方式的变化,最初出于我对自己固有的叙述模式的厌倦,这种厌倦纯粹是个人的审美疲劳。八十年代实验风格成风的时候,我还没有开始严格意义上的写作。当我在九十年代后半期开始持续写作发表的时候,……积攒多年的倾诉欲凶猛袭来,使我完全沉浸在故事本身,而无暇顾及到底该怎么样讲故事。现在十几年过去了,单纯的讲故事欲望已经渐渐淡薄,新的叙述方式成为了兴奋点之一。"因为她知道"天底下并不真的存在没被讲过的故事,有的只是还没被尝试过的说故事的方法。我需要寻求的是讲故事的新方法"③,于是开始尝试新的叙事方式来叙述故事、建构小说,这种追求也延续到了《劳燕》。

二

在《流年物语》中,作者一改以往"花很多功夫营造故事"④的习惯,把已经写了十多万字的初稿《寻找欧仁》全盘推翻,精选河流、瓶子、麻雀、老鼠、钱包、手表、苍鹰、猫、戒指和铅笔盒等十种物,根据与主人公关系的远近每一章引入

---

① 杨义:《中国叙事学》,人民出版社 1998 年版,第 191—195 页。

② 华莱士·马丁:《当代叙事学》,北京大学出版社 1990 年版,第 35 页。

③ 张翎:《"人"真是个叫我惊叹不已的造物:张翎与傅小平的对话》,《文学报》2016 年 5 月 12 日(第 19 版)。

④ 杨庆祥:《小说意义的尽头是什么?——张翎新作〈流年物语〉研讨》,《文学报》2016 年 5 月 5 日(第 19 版)。

一个物，"由它们来承担一个'全知者'的叙述者身份"①，并用"拟人化"的物语把新中国成立到21世纪初50多年时间里，生活在南方小城的全崇武、刘年两个家庭三代人的故事以及他们的命运变迁叙述出来，使一个老套的故事呈现出新意。

这种把动物或物体作为叙述者的叙事技巧，有人把它称之为"它—叙述"，这种叙事技巧也"并非无所不知"②，也有它的局限，但可以"完全取消视点上的隔阂，因为物品待在人物身上的时候，是可以跟随他24小时的，所以他的每一个行动，无论哪一重生活，这一件东西都是可以看到的"③。如钱包、玻璃瓶、手表、戒指、铅笔盒等；有些物甚至可以360度全方位无死角地观察一切，如失去一条腿的苍鹰、猫魂；也有些物可以躲在人类不能所及的阴暗角落窥视主人家的生活情况，如老鼠。而物本身不偏不倚客观真实的特性，能够使叙述更加轻易地抵达人物内心的真实。由此，"张翎也就获得了一种游走于第一人称与第三人称之间的叙事自由，既可以运用第一人称自述这些物事本身的故事，更可以通过非限制性的第三人称来讲述特定历史时空下小说人物命运的悲欢离合"④。不但创造了小说更大的格局，也达到了透过小人物的命运遭际反映新中国成立至21世纪初几十年的历史变迁的目的。

如瓶子物语一章。当全力在整理刘年的遗物时，发现了两张夹在纸巾里的、不同时间汇出但汇向同一地点的数额不小的汇款单，通过与刘年的律师斗智斗勇，终于知道了刘年有一个私生子，而且他已经把公司百分之七十五的股份、价值达一个多亿的财产给了这个儿子。全力心目中的好丈夫形象轰然倒塌，心中充满了被欺骗的愤懑和要报复的强烈欲望。全力是带着插队时被傻子强奸怀孕流产这样的耻辱性创伤嫁给刘年的，新婚之夜刘年因为自己性功能方面的问题没有发现这个秘密。为此，刘年也一直努力打拼赚钱，两个人一

---

① 张翎：《"人"真是个叫我惊叹不已的造物：张翎与傅小平的对话》，《文学报》2016年5月12日（第19版）。

② 徐学清：《文化的翻译和对话：张翎近期小说论》，《中国现代文学研究丛刊》2017年第5期。

③ 杨庆祥：《小说意义的尽头是什么？——张翎新作〈流年物语〉研讨》，《文学报》2016年5月5日（第19版）。

④ 王春林：《"物"与人：彼此映照中的精神分析——关于张翎长篇小说〈流年物语〉》，《当代文坛》2016年第2期。

起做了三十年的恩爱夫妻。如今真相突然暴露,全力内心的痛苦可想而知。她来到法国,把一个灌满硫酸的瓶子装在裤兜里去找刘年的私生子以及为他生下这个儿子的女人。全力的这次法国之行,完全是单独行动,其感情、心理之复杂没有任何人能见证,作者巧妙地通过她装在口袋里的瓶子来观察,瓶子根据全力握着它的轻重、手心汗液分泌的多少来判断全力的心理变化,并把自己的所见以及判断叙述出来,从而达到了一般叙述者无法达到的效果。

再如手表物语一章也特别精彩。作为一只产量极少的运动名表,其本身的经历就非常奇特,从欧洲来到美洲,又从美洲来到朝鲜,最后作为战利品来到中国。首长把手表送给全崇武,原本是作为警示物,警戒他不要在女人身上犯错误。没想到因为这只表,全崇武结识了一个真正值得钟爱的女性叶知秋,双方都为此付出了真感情。从某种程度上,这只性能精良却被埋没的沛纳海手表,也是知性女性叶知秋的象征。是她识出了这只被淹没的名表,道出了它的性能,也由此赢得全崇武的赏识和爱恋。叶知秋最后割腕流血而死,这只全球数量极少、为海而生却从未接触过海的世界名表也在"文革"期间被红卫兵用大锤敲得粉身碎骨,手表的结局与叶知秋的结局无疑揭示了无知和野蛮的可怕。

其他八种物作者也给予了不同的使命和含义,塞纳河见证了全力得知刘年有私生子之后的愤懑之情,卡迪亚三色戒指不但见证了刘年和刘欧仁的父子关系,也是"对它本身所象征的忠诚、爱情和友谊辛辣的讽刺"[①],老鼠见证了刘年幼小时家庭的困顿与窘迫,铅笔盒见证了两双(刘年童少年时的名字)母亲为了家人与采购员孟叔叔的暧昧关系等。其中猫魂物语一章,借助一只被毒死的猫魂观察思源因缺少父母关爱,从一个孤独的女童,渐变为一个偷窃父母钱财、抽烟、过早发生性关系的问题少女。这种手法与《劳燕》中用警犬幽灵的亡灵来叙述尹恩·弗格森与前女友分手时的痛苦,以及爱上温德(归燕)时眼睛中流露的温润有异曲同工之妙。

总之,作者借助于十种物,把一个很寻常的故事写得精彩可读、曲折生动,并寄予了自己对于社会人性的独特思考。

---

① 徐学清:《文化的翻译和对话:张翎近期小说论》,《中国现代文学研究丛刊》2017 年第 5 期。

与《流年物语》不同，发表在《收获》2017年第2期上的《劳燕》采用亡灵追叙的手法，叙述了三个男人和一个女人在抗战时期发生的情感纠葛和生活经历，揭示在战争环境下人性的多变。其实这类故事在战争类小说中数不胜数，但是这部小说发表之后，从学术圈到媒体都引起了较大的反响。不可否认，诸如作者第一次写战争题材、首次披露中美在二战中的合作、对人性的深度剖析、女性的自我救赎等都是吸引读者的亮点，但是，笔者以为这部小说最有价值和创新意义的是亡灵叙事的运用，正是这一叙事技巧的变革，才使这部小说风格卓然。

亡灵叙事是一种以死者的灵魂为视角观察和体验世界，并据此来展开文本叙述的一种行文方式。这种叙事方式极富想象力，因为"灵魂不再受时间空间和突发事件的限制，灵魂的世界没有边界。千山万水十年百年的距离，对灵魂来说，都不过是一念之间"①。它也拓展了作家的创作空间，增加其写作的自由灵活度，把外视角转变为内视角，拉近了叙述者和读者的距离，使小说增加了一种真切感、可信度。用阎连科的话说："从亡灵的角度叙述故事非常自由，第一人称、第三人称的优势尽在其中。故事可以从城里一下子就写到农村，从遥远的天外一下子跳往眼前；从久远的过去转眼叙述到目下。从死者讲述到生者，想怎样写，就怎样写，你用不着去顾忌我们常说的生活逻辑和真实。可是，你换个角度叙述就完全不行了。"②

亡灵叙事早在唐朝韦瓘的《周秦行纪》、北宋秦醇的《温泉记》、南宋无名氏的《摭青杂说·阴兵》等传奇中就被采用过。也在但丁的《神曲》、歌德的《浮士德》、鲁尔福的《佩德罗·巴拉莫》、马尔克斯的《百年孤独》等西方文学作品中运用过。

这种手法也得到同时代作家的青睐。方方的《风景》、阎连科的《丁庄梦》、莫言的《生死疲劳》、余华的《第七天》都运用了亡灵叙事。但是这些作家采用的是一个亡灵，叙述的是他死后看到的种种社会世象。如余华的《第七天》以在餐馆爆炸中误死的杨飞亡灵作为叙述者，把他在肉身化为骷髅的七天时间

---

① 张翎：《劳燕》，人民文学出版社2017年版，第5页。
② 阎连科、张学昕：《我的现实我的主义》，《阎连科文学对话录》，中国人民大学出版社2010年版，第126页。

内看到的种种社会世相：如雾霾导致的车祸、殡仪馆里的尸体之间仍然存在着等级差别、市政府广场上人们对于强拆的抗议、公检法等部门某些人员白吃白喝的丑态、一些官员生活腐化的黑幕、鼠妹等底层人物生存的艰难，一一呈现出来，揭示了社会的乱象和不平等。

而张翎在《劳燕》中通过追叙的方式叙述三位亡灵在抗战期间的战斗生活以及各自与女主人公的情感经历，很显然，张翎在这方面有了较大的突破，她不但在某种程度上遥接了唐宋传奇中"亡灵忆往"的手法，而且增加了亡灵的数目，这在结构上无疑提高了难度，但也扩展了小说的容量，使小说的情节更加曲折、人物形象愈趋丰满。

在小说中，女孩姚归燕是一个核心，正如牧师比利所说的："假若我们各自的生活是三个圆，那么她，就是这三个圆的交汇点。"整部小说根据三位亡灵生前与这个女孩相识的先后，安排他们的追叙。

归燕在刘兆虎那里叫阿燕，他追叙的是归燕14岁之前在四十一步村的生活，以及新中国成立前夕他从国民党军舰上跳海潜逃回村之后，一直到1963年他被癌症吞噬期间与她的生活。

归燕在牧师比利那里叫斯塔拉（星星），他主要追叙如何发现并救助被日寇强奸后的归燕，如何把被村民欺负得几近精神失常的归燕带回到月湖村，以及既从心理和精神上引导她，又教她实用的医学知识和技术，帮助她完成自我救赎的过程。

归燕在上尉军官伊恩·弗格森那里叫温德（风），他追叙如何接近温德，获得她的芳心。以及抗战胜利之后，在上海给温德写信但没有见面等经历。伊恩和温德的故事有一部分借助于一只警犬的观察来完成，承接了《流年物语》的手法。

在追叙的过程中，三个亡灵都带着一种歉疚的心情，因为他们对于女孩都有亏欠之处。刘兆虎亏欠得最多，落后顽固的面子观念，使得他得知归燕被鬼子强奸之后，不但没有出面保护她，反而外出躲避，即使从瘌痢头身下把归燕救出来，也没有安抚她。抗战胜利之后，本来可以回家与归燕一起结婚生子，可他继续为国民党政府服务，甚至还在报纸上登了一个离婚声明。牧师比利因为爱她，明明知道归燕被日本鬼子强奸的消息是他自己的厨娘在月湖村散布出去的，却迟迟不告诉归燕这个事实，导致归燕对于刘兆虎的疑虑迟迟不能消除。伊恩·弗格森确实爱过归燕，并与她有了爱的结晶——一个女儿。可他回到美国以后，很快与前恋人旧情复燃，归燕被他彻底遗忘。甚至几十年之后，他们的女儿前去找他，他也因惧内而把她赶走了。不过，这种内疚、悔恨的心情，加厚了小说内在的情感浓度，加强了感人的力量和吸引力，也凸显人性的多样和异变。

三

两部小说在叙事技巧上的新变，给小说本身带来了很大的影响。

首先，小说主题变得丰富多元。《流年物语》中作者原本想探讨的主题是"贫穷"。刘年出生于贫穷家庭，他一直把号召穷人起来革命的《国际歌》作者欧仁·鲍狄埃作为崇拜的对象，一生恐惧贫穷并为战胜贫穷而奋斗，最后也确实成为一个亿万富翁，但是，他的暴富一方面是他自己努力的结果，另一方面是国企改革中的一些不完善政策所致，这一点他心里很清楚，所以每次去法国，都会去拜访欧仁·鲍狄埃的墓，从他身上寻找精神力量，即便如此，刘年在精神上永远也无法摆脱童少年时家庭贫穷生活给他带来的耻辱和自卑。这个主题是统摄整篇小说的主线，但细读文本发现除了"贫穷和恐惧"，还揭示了"假象和真相、欲望和道义、坚持和妥协、追求和幻灭"等主旨，这不能不归功于物语的采用，十种物语的叙述使得小说的层次丰富多变，小说的主题也多元起来。同样，在《劳燕》中，作者原本要讨论的主题是把人放到一个绝境，人会怎样？但小说中的主题远远不止这一点，还包含有战争对人性的摧残、落后观念导致对女性的践踏、男性的自私给女性带来的灾难、女主人公的自我救赎等内涵。两部小说都应合了《红楼梦》《安娜·卡列尼娜》等古今中外优秀小说创作的规律，也切合了莫言所说的："一部小说让人读后感到非驴非马，让人难以言说，这部小说是有价值的。反过来，如果一部小说主题鲜明得让人一目了然，而且没有任何争议，这部小说的价值就要大打折扣。"[1]"所以形式，永远都是艺

---

① 莫言：《写作就是回故乡》，见张翎《交错的彼岸·序》，华东师范大学出版社 2009 年版，第 1 页。

术的一个最重要的一个原创性或者生发性的力量。"①

其次，人物形象变得更加丰满。《流年物语》最有个性、给人印象最为深刻的无疑要推叶知秋了。这是一个为人仗义有底线、知识广博有品位、性情刚烈有决断的女性形象。她可以在千人的批判大会上为被划为右派的丈夫翻阅检查稿，但不愿全崇武利用手中的权力为她挤出一丝便利；她在精密仪器方面有专门的知识造诣，能一眼识破沛纳海表的身份和性能，且着装不俗；丈夫被划为右派之后，她不离不弃，在三年严重困难期间，省吃俭用，把一些有营养的物品寄给在边远地区改造且有肝病的丈夫，自己因此严重贫血，在工作场所昏倒；她爱全崇武，但能顾及其妻子儿女的感情，让他按时回家吃饭。当居委会大妈把他们两个堵在房间里，全崇武屈服于世俗的压力逃离现场跟着妻子回了家，大家围在门外等着看她的笑话时，她没有屈服，而是用一把刮鸡毛的刀片划破血管，任鲜血流尽而死，用身体的消亡捍卫了人性的尊严和自身的体面。

如此鲜活、真实女性形象的产生，不能不说与作者采用物语有关，作者运用物语的目的就是为使故事、人物变得更加丰富多彩和富有内涵。从叶知秋第一次出现在全崇武的办公室，沛纳海手表就开始观察她，并与全崇武一起因为她丰富的知识、有底线的为人方式、别致的着装而爱上了她。小说中沛纳海手表的这句话就是最好的证明："我和我的主人全崇武一样，都是在这个下午同时爱上了那个叫叶知秋的女人的。"②此后，全崇武与叶知秋之间的秘密约会，叶知秋不告而别回家时全崇武魂不守舍苦苦思念的样子，甚至发生肉体关系时的状况，都是通过这只沛纳海手表观察和叙述出来的。这无疑比采用叙述人作为观察者的小说多了一双眼睛和角度。虽然也通过全崇武、朱静芬、全力的接触、感知来丰富这个人物形象，但没有沛纳海手表全程参与，叶知秋这个人物形象不可能如此立体、丰满。

《劳燕》中的姚归燕是这部小说中最光彩夺目、最丰满的人物形象。首先，她是一个受尽人间苦难、命运悲惨的女性。战争使她失去了父母和贞操，愚昧

---

① 杨庆祥：《小说意义的尽头是什么？——张翎新作〈流年物语〉研讨》，《文学报》2016年5月5日（第19版）。

② 张翎：《劳燕》，人民文学出版社2017年版，第5页。

的民众不但不理解、支持,反而用语言和动作欺凌、猥亵她,未婚夫刘兆虎也数度辜负她,以至于她走到精神失常的边缘。即使在月湖村的中美特种训练营里,关于她被日本鬼子强奸过的流言还在悄悄流传,并成为鼻涕虫欺负她的借口。此时的归燕已经被逼到了人生的绝境,其命运之悲惨令人唏嘘。其次,她又是一个能够从绝境中站起来的人。姚归燕受了鼻涕虫的猥亵之后,并没有就此沉沦,而是从《圣经》的"别人打了你的右脸,你把左脸伸给他"这句话中得到启示:面对凌辱只能忍让两次。于是,她毅然去训练营找最高长官状告鼻涕虫的可耻行为,使鼻涕虫得到了惩罚,从精神上彻底战胜了自卑;加上牧师比利传授给她一些谋生的实用医术,使她在经济上也能谋生,至此,她彻底完成了自我救赎。再次,她还是一个善良勇敢、富有悲悯情怀和以德报怨的女性。当刘兆虎面临抽丁危险时,尚未发育的她毅然答应与刘兆虎订婚,之后又悄悄为他准备去延安的物品。当刘兆虎得知她被日本鬼子强奸,不但不出面保护她,反而外出躲避时,她很难过但忍耐着。当刘兆虎从国民党船上跳海潜逃回乡,她冒着巨大的危险把他藏在后院的小屋里。当刘兆虎因参加过中美特种技术合作训练营一事被政府发现并被判入狱后,她与他保持通信给予精神上的支持,并千方百计让他提前出狱。当刘兆虎被肺癌折磨得死去活来的当口,她出卖鲜血和肉体为他筹集经费购买营养品和支付医疗费。另外,当长官得知鼻涕虫的流氓行为要枪毙他的时候,她请求枪下留人,要他戴罪立功。鼻涕虫牺牲之后,她把他的头一针一针地缝合到他的身体上。在伊恩·弗格森离开中国之后,她在月湖村苦苦等待他的信件两年无果之后,独自带着女儿回到四十一步村,并把女儿抚养成人。

姚归燕的形象之所以如此丰满,跟作者采用三位男性亡灵进行追叙,从三个维度立体地展现她的性格、品质有很大关系。一般小说只设一个叙述者,或用全知视角或用限制视角,限制视角的局限性自不用说,即使是全知视角也只是叙述者一个人的全知,与三位亡灵从三个侧面叙述事件、揭示人物品性自然大不相同。

张翎一走上创作道路就开始关注女性的命运,且塑造了众多女性形象。有善良坚贞的传统女性:如杏娘、筱艳秋等;有精明能干的现代女性:如赵春芝、孙小桃等;有曾经的富家小姐经过时代变更成为自食其力劳动者的女性:

如黄信月、上官吟春等;有走出国门寻求更好生存发展机遇的勇敢女性:如黄惠宁、宋武生等,这些女性形象表现出或坚韧或精明或勇敢的性格特征。虽然个性鲜明,但与叶知秋、姚归燕相比,显得单一、平面化了一点。谢有顺说过:一部小说能不能流传,能不能获得广泛关注,最重要的就是看它有没有创造出令人难忘的人物。叶知秋和姚归燕这两个形象的成功,无疑扩大了《流年物语》和《劳燕》的影响力,也提高了它们的文学价值。

再次,小说的结构由线性变为立体。张翎前期的中长篇小说如《望月》《交错的彼岸》《雁过藻溪》《余震》等都擅长于"以现在的叙述为纬,以过去的叙述为经,逐渐推向历史的纵深,最后收拢回到现在"[①]的线性结构来建构小说。而在《流年物语》《劳燕》中,故事的结构趋向立体化。《流年物语》虽然也在温州与巴黎之间进行时空转换,但与上述小说相比,在结构上呈现出了新的特点。其一,整部小说采用首尾圆合的写法。小说从 2009 年八九月份写起,然后追索到 1958 年,逐章写下来再回到 2009 年,形成一个闭合式的外循环。其二,在每一章里,都是由一个"物"自述自己的故事开篇,通过这个"物"引出与它相关的人物,借助"物"的眼睛观察并展示人物的生活遭际和命运变迁,最后又由"物"自叙自己的故事结束,又形成了一个内循环。一个大循环中套着十个小循环,这种结构就"像俄罗斯娃娃似的,故事里套着故事,'人'的故事和'物'的故事成了交缠在一起相互映射的故事网"[②]。在《劳燕》中,由三个亡灵从三个不同的侧面交错追叙自己与女主人公的情感经历,就已经使小说的结构趋向立体,中间又穿插进去三位亡灵各自的生活经历,以及训练营里面紧张的训练生活,偷袭日本鬼子后备仓库的激烈战斗场面,甚至越剧名角慰劳军队的演出、密莉与军犬幽灵的恋爱与坟前对话等等,无形中又对小说内容做了拓展,从而使故事的路径更加曲折,结构也更加宏阔。

总之,张翎通过《流年物语》《劳燕》中改变叙事视角,不但使故事主题多元化、人物形象丰满化、小说结构立体化,也体现出作者对于战争、人性、贫穷、女性独立、救赎、宗教等具有世界性的主题,以及民众的冷漠自私、改革开放过程

---

① 　徐学清:《文化的翻译和对话:张翎近期小说论》,《中国现代文学研究丛刊》2017 年第 5 期。

② 　张翎:《"人"真是个叫我惊叹不已的造物:张翎与傅小平的对话》,《文学报》2016 年 5 月 12 日(第 19 版)。

中财富分配不公、对儿童教育的轻视等中国式问题的深层思考，彰显了作者不断追求新变的精神内核。

（原载于《宁波大学学报》2018 年第 2 期）